SURVIVING THE STORM

她穿过了
暴雨

独木舟 著

陕西新华出版
太白文艺出版社·西安

果麦文化 出品

在成年人的世界里跌跌撞撞，
挫折失意有过，心灰意冷也有过，
小时候以为人生是踏歌而行，
后来才明白其实脚下踏着的是利刃和刀锋……

目 录

Part 1

雨的气息

[1]

晓茨死了——可是楚格总觉得这不是真的。

自从事情发生以后，"世界上再也没有晓茨这个人了，我
再也见不到她了"的念头便在楚格的脑海中挥之不去，它所带
来的影响也无时无刻不在日常生活中彰显。当她用一只旧雪平
锅烧水煮速食面时，它就浮在沸腾的水面上。当她累极困极，
给自己做一杯黑咖啡时，那种清苦的香味又会莫名地令她想起
晓茨的气质。

晓茨彻底消失了，像晨露，像破碎的琉璃和枯萎的野草，
像世间所有的逝去。

这个钢铁一般的事实,光是想起都令人感到窒息,压迫感如影随形。楚格拉开冰箱门,这个换作从前再正常不过的举动也会让她不由自主地心中一颤。联想到最后一次在晓茨的出租房里自己所看见的那个空荡荡的冰箱,扑面而来的森森冷气凝结成一张网,贴裹着楚格的脸,糊住了她的眼耳口鼻。

她站在水槽前,失神地凝视着黑黢黢的下水口,盯着看久了会从心底里生出恐惧,仿佛晓茨就在那个深渊里。

晓茨才二十六岁,要到年底才二十七,可她的生命刻度却永远地留在了二十六这个数字。楚格记得晓茨的生日,也记得她是射手座,就算不那么信星座说的楚格也不能不承认,晓茨的确拥有很多射手座的优点和特质:单纯、开朗、直率、热情,还有善良。

这样的晓茨,再也不会回来了。

这段日子以来,楚格仿佛失去了某种自我保护机制,总不能遏制自己回忆起从前的点点滴滴,那些以前不觉得重要的细枝末节、那些自以为稀松平常的相聚和分别,现在都成了记忆的终章。想得久了、深了,内心就会被反复撕扯到崩裂——一种纯粹的生理上的剧痛,绝非幻觉。刚开始的时候,楚格还能哭一哭,在泪水中痛痛快快地发泄一番。可时间一长,她也发觉了,哭其实是极需气力的事。她根本哭不动了,红肿的双眼像两口干涸的泉眼，就连想睁大点儿都费劲。

她用冷水狠狠扑脸，再抬起头来，镜子里的那张脸……连她自己都觉得有些陌生。

真正锥心的痛苦引发的哭泣令人绝不可能保持所谓的"破碎"的美感，你无暇计较形象，也无法克制悲伤，就如此时此刻的楚格：头发软塌塌地贴着头皮，苍白浮肿的脸就像一块泡过水的面团子，两颊泛红，双眼又痒又疼又涩，鼻头红得过分，以至于显得有点儿滑稽，就连嘴唇都比往常厚了两圈。

楚格像一只破旧的玩偶似的瘫坐在沙发上，精疲力竭，骨头都被抽走了，五脏六腑都累了。

气若游丝之时，她忽然感慨：真奇怪，明明什么也没做，只是流一些眼泪，怎么竟然连生命力也一起流失掉了？她忍不住又一次使劲儿地回想：最后一次见晓茨时是什么情形，我们说了些什么？

仿佛视线被无限拉长延伸，投向了茫茫记忆中某个闪烁着的、微弱的亮点——

这个夏天热得早，初夏的夜晚已经闷热难耐。晓茨的房子虽然狭小、老旧，但干净整洁，井井有条。

已经超过最长使用年限的旧空调彻底坏掉了。先前晓茨找维修师傅加了氟，也换了几次零件，可无奈硬件设备实在太旧，师傅束手无策，推托着说自己没本事再挣这台老机器的修理费，他很务实地劝晓茨："小姑娘你干脆和房东好好商量一下，换台新的，让这老家伙退休算了。"

可晓茨一直没有听取师傅的建议。她每天都很累，睡眠不足，没有精力跟房东讨价还价。

"我有空调扇嘛，开到最大挡就好了。"晓茨嘻嘻笑着说，"反正白天都在公司，也就晚上回来睡个觉而已。"

楚格挤出了一个体谅的笑容，她很了解晓茨多一事不如少一事的性格——让她去跟房东交涉，要比让她忍耐炎热困难得多。

晓茨把风扇搬得离楚格更近一点儿，她们并排躺在凉席上。屋里很热，也很潮，小饭桌上的电子显示器显示的温度是34，而湿度则是更恐怖的55。在这样的闷热中，楚格却一点儿也没感到烦躁，她只感到久违的、少年时才体会过的静谧和安宁。

纱窗外时时传来蝉鸣，桌上的水杯里冰块不时发出"咕咚"的声响。晓茨的枕头上有种清淡的花露水的香味，床头的白色小柜子上摆着牛油果绿的台灯和几本阿加莎的侦探小说。

床的正对面就是那张小饭桌，桌面上各种电源线都被捆得整整齐齐。墙上挂着的软木板上贴了十几张彩色便利贴，晓茨的字迹延续了念书时那种有点儿卡通的风格，圆圆的很可爱。如果仔细看就会发现，便利贴上的提醒事项其实都已经过期很久了。

"以前老在网上看人家说生活不能没有仪式感，我也装模作样学了一阵子，事无巨细都记着，后来是装都懒得装了……"晓茨的声音轻轻柔柔，语气中透着无法掩藏的疲惫和沧桑，"有时候晚上回来累得连澡都不洗，饭也不吃，倒头就能睡着，整个人像被拔了电池似的。"

楚格默默地点了点头，表示她能理解晓茨说的那种状况，过了几秒钟她才补了一句："我知道，我也经历过。"

沉默片刻，她们另起话头又聊了些别的——楚格讲了些自己考驾照的事，也讲了桑田和她现在的男朋友感情貌似很稳定，却对自己和苏迟的交往含糊带过——晓茨的声音越来越小，变成了模糊的嘟囔，很快楚格就听到了耳边传来晓茨轻微的鼻鼾。

有那么一瞬间，楚格觉得身下这张小床变成了时间之河里的一叶小舟，载着她们回到了少年时期。她想象着自己还躺在女生寝室的上铺，床头的灯光穿透眼皮的遮蔽，眼前是一片浓烈的橙红。

就只有这么多了……楚格双手掩面，狠狠地搓了几把，从指缝里深深地吐出一口气——有关晓茨的一切，永远停留在此处，微弱的光亮彻底隐没在那片橙红里，再也不会有新的内容了。

在确认过这件事是真的，不是什么恶毒的玩笑后，楚格只有极短暂的震惊和难以置信，而后便是排山倒海、滔天巨浪般的悔恨。她恨自己没多关心晓茨——我到底把时间花在哪些狗屁事情上了？她恨自己偷懒，嫌麻烦，怕累，明明有相当长一段时间她是有空的，她失业在家，什么正事都没干，每天只是在床上打着滚，刷着毫无营养看过即忘的视频和八卦帖子，流连在购物 APP 的页面——我竟然宁愿把时间浪费在这些不值一提的狗屁事情上，也不愿意多去看晓茨一次。

就算她工作再忙再累，再没时间，至少一起吃顿饭总是可以的。或者就去她公司附近，找个地方喝杯咖啡，吃块蛋糕，最差最差我还能去接她下班，一路散散步，聊聊天……

现在，楚格恨透了自己的愚蠢、短视，为什么一直以来自己会那么笃定地相信她们都还年轻，以后多的是时间。为什么那么自信呢？俞楚格，她问自己，为什么此时此刻都没有诚意去做的事，你却寄希望于彼时彼刻？

自责在心里结成了一只茧，从此楚格有了无法消弭的心魔，而她又似乎完全没有打算从自伤中走出来。于是，在旁人看来，楚格这副样子实在是有些病态了。

终于，桑田说出那句话。

"我没想到，晓茨对你有这么重要……"她顿了顿，说，"嗯，我当然知道，她是我们的好朋友，只是没想到对你的打击会……这么大。"

楚格心一沉，无论是桑田的语气还是这句话本身，都是一种强烈的刺激。违和感伴随着腾腾怒火在她胸腔里燃烧，她难以置信桑田竟然会这么说，如此轻描淡写。她理解不了桑田这句话里的用意，自然也就无从反驳，只能哑然地看向对方。

　　桑田的眼神平静又深远，看不出任何情绪，语调也很平稳："逝者已矣，你是连自己的日子都不打算好好过了？"

　　"伤心是必然的，太突然了……我也很意外，我也很难过，我不是一点儿愧疚都没有。可你也该跳脱出来，好好想想，天大的痛苦也该有个期限，难道你要一直这样下去吗？"

　　那不是个问句，楚格知道，但她依然没有出声。

　　桑田的话虽然听上去无情得刺耳，却实在是一番忠言，不是真心为你好的朋友谁会担着被厌恶的风险来做恶人。

　　事情已经过去一段时间了，而楚格却还像刚接到噩耗似的，即使在安静的时候也只是在安静地发着疯。桑田不是不尊重她悲伤的权利，也不是不能体会她的感受，她理解同辈好友的猝然离世对人会造成怎样的冲击，但对于活着的人来说，生活总要继续——很无力的现实，但人也只能活在现实里。

　　"我不知道该怎么说，桑田，可能你的看法是对的，我太软弱了。只是，晓茨那么年轻……"楚格艰难地缝合着支离破碎的语言，可依旧词不达意。

　　她的悲痛里埋藏着无法用言语表达的因由，她哭的不仅是晓茨，不仅是自己的好友，更深层的原因是她曾长久凝望着晓茨如何拼尽全力地对抗着某种强悍的力量，但最终却是那股力量证明了它的不可战胜。楚格是为了这份冥冥中早已注定的失败而哭。

她知道桑田不能洞察到这一层：桑田与晓茨之间有些交情，但这份交情就像毕业时转给学妹的饭卡、顺手送给保洁阿姨的衣架和热水壶、捆起来卖给废品站的旧书籍，一起封在了人生那个青涩的阶段，没有在成年人的世界里发芽结果。

所以，楚格想，即便自己将一切掰开揉碎来讲给桑田听，也是多余的。

这就是我和桑田的区别——尽管我们是最好的朋友，方方面面都合拍，能坦诚地分享喜怒哀乐，但我天然欠缺一点儿潇洒和豁达，也始终没能学会成熟地面对人生。

一股凉意从骨头缝里渗出来，楚格觉得自己就像是夏末的最后一只蝉。

夜晚，楚格坐在飘窗上看月亮。

这晚是新月，深黑的丝绒天幕上只有一道清冷的弧线发出幽幽银光。

她察觉到，在自己脑海中，晓茨的样子已经不太真切了。越使劲儿回想，那个影像就越模糊。时间将会磨灭更多关于逝者的记忆、更多她们曾经相处的片段和零星琐事，终将有一天，她会只记得这个名字，而这个人过往的种种，那些曾经鲜活的、跳动过的证据都将被新的际遇覆盖。

窗边摆放着一个豆绿色的铁书架，无序地插放着各种开本的书籍，在错落和凌乱中竟然呈现出随性的美感。楚格从书架最上层抽出那本阿加莎·克里斯蒂的《尼罗河上的惨案》，那是从晓茨床头拿来留给自己做纪念的。

整本书鼓得轻微变形，书页之间像夹着书签一样夹着很多祖马龙的试香纸。香味已经渗进书页，每一页的气味都不相同，表面上这是一本侦探小说，实际上这是晓茨的香水收集册。

晓茨曾经开玩笑地讲起："等我将来有钱了，就把这个牌子所有的香味都买一瓶回来摆着，100毫升那种，像专柜那样陈列。光是幻想一下我就很兴奋了，欸，楚格，我这算不算是陷入了消费主义的陷阱？"

楚格想起晓茨说这句话的情形，脸上浮起了一个像哭的微笑，脑海中那帧画面似乎变得清晰了一点儿。

她把脸靠近书页，小心翼翼地闻着那一页的香味，神思朝着极高极远的地方飘荡而去，或许那便是晓茨常说的快乐岛。

"你知道我是怎么看待生活的吗？在这个难题和下一个难题之间的空白时间，我将它称之为生活。"

晓茨的声音轻柔缥缈，在楚格脑海中回响。

[2]

楚格卧室的窗户在房间西面，每一次日落，窗框都像是电影的边框。

但最近天气有点儿奇特，一到下午五点多就会突然下起雨来，急性子的雨来得快去得也快，有时连地面都还没湿透就戛然而止。

连续过了一个多星期，迟钝的楚格终于发现了这个秘密，她有点儿意外，随后又产生了一个幼稚浪漫的想法：可能有一阵过云雨，它每天会准时飘到窗口来探望我，也可能是几朵不同的积雨云，在相同的时间来看我。

这个想法一冒出来，楚格和那场雨便有了奇妙的默契。每天下午一到那个时间点，她便坐不住了，不管手里在忙什么都会先丢到一边，很自然地从工作桌前抬起头，站起来，一边揉着酸痛的颈椎一边走到窗前。

炎夏的阵雨既不能带来彻底的凉爽，也不会引起情绪波动，楚格只是在猜，哪一天的阵雨过后能见到一道彩虹。

彩虹并不罕见，但一定有那么一次与别的时候都不同。

这些天她站在窗口，偶尔怀念起回忆中最特别的那道彩虹，明明是清风拂面，却如无数岁月从眼前飞驰而过，往事既久且远。事实上，那也只是上一个夏天。

去年的晚夏，她和苏迟在意大利旅行了十天。在罗马落地，而后自驾去了那不勒斯、波西塔诺。他们放弃了庞贝古城，绕路去了托斯卡纳，加上不能不去的佛罗伦萨，行程的最后一站，他们又回到了第一站罗马。

南欧的夏季比楚格预想中更热。她平时不爱喝碳酸饮料，但这趟旅行中，她每天至少要喝两罐加冰的可口可乐，小气泡由舌尖到喉头迸出一串微小的爆炸，吞咽的瞬间连头皮都会轻微发麻。

在旅途中，楚格吃了很多甜品蛋糕、手工冰淇淋、比萨、各种酱汁调味的意面和海鲜饭，已经做好了体重暴增的心理准备，但或许是因为天天都在烈日下暴走，不放过去任何美术馆、广场和古老教堂参观的机会，运动量明显超标，于是当她在罗马的酒店里战战兢兢站上体重秤时，竟然发现自己奇迹般地轻了几斤。

"是因为你年轻，新陈代谢快，"苏迟说，"稍微多走几步路就消耗掉了。"

和楚格正相反，苏迟每顿都吃得很轻简，不是海鲜沙拉，就是鸡肉或牛肉，再加点儿水果，饮品只喝冰咖啡或气泡水，根本不碰甜品。

在楚格看来，苏迟的饮食习惯健康得接近无聊，一个人连对食物的爱都能克制，他还能爱什么？但这种严格的自律显然是有回报的，和他同年龄段的许多老友都比年轻时胖了不止一圈，虽然五官还是那副五官，但从面孔到身材都好似大了几码。平日里西装革履倒也不明显，板正的套装仿佛盔甲般支撑着、也约束着日渐走形的皮囊，一旦换回宽松的家居服和休闲装，即刻打回原形，腹部的肚腩像焊在身上，少吃一两顿根本无济于事，苏迟能一直维持着清瘦挺拔的身形，不是没有代价的。

临近傍晚，楚格与苏迟一同坐在西班牙广场的台阶上发呆。连日以来的朝夕相对让两人都陷入失语，好像已经把话说光了，所有的热情都蒸发殆尽，谁都想不出任何新鲜的话题。楚格百无聊赖地开始打开手机，复习一遍桑田发来的让她帮忙代购的化妆品清单。就在这样的沉默中，风的气味悄然发生变化，还没人意识到怎么回事时，顷刻间雨滴已经落下，淋得所有人措手不及。

他们和其他游客一起急忙跑到遍布奢侈品门店的古老街道的房檐下避雨，楚格从背包里翻出纸巾，抽出几张想递给苏迟。当她侧过头去，恰好看到一道雨水从他的左边脸颊滑落，他脸上却是一种从容闲适的神情。

她记得，当时身边的人们讲着各种语言，加上雨声，环境分明是很嘈杂的，可好似有股莫名的力量将周遭的声响巨细无遗地屏蔽了，只有她的小小世界被摁下了静音键。一种很微妙的、割裂的感觉令她轻微地颤抖起来——她先是看见了苏迟，继而又看见了自己——她站在了自我之外，以旁观者的视角凝视着此时的景象，提前到来的一种浓烈的失落感牢牢地占据了她。

在他们的故事里，好像一直贯穿着一场雨。楚格不知道这预示着什么，但她知道它一定非同寻常。

这一生短暂却也漫长，破碎之中也有永恒。某些经历和感受只会出现屈指可数的一两次，如独角兽般珍稀。而后无论你的意愿如何强烈，即使内心的遗憾如同天崩地裂、山呼海啸，那一天、那一幕也无法复刻重现——正置身于这一时刻的楚格，尽管已经握住了吉光片羽，却对此浑然无觉。

雨没下多久就停了，随着彩虹在天边显现，眼前的建筑物仿佛都被笼罩了一层浅粉色的薄雾，周围的人纷纷举起手机和相机拍摄下眼前的瑰丽景象。

楚格也试着拍了几张，但都不太满意，手里这部基础款的相机无法还原真实的美景，她索性把相机收起来，用双眼专注地记录下这个瞬间。那道彩虹很远也很淡，但经过记忆的洗涤和沉淀，往后回想起来，她只觉得明亮鲜艳。

这是旅程的最后一天，最后一个黄昏，浅浅的彩虹是意料之外的道别礼物。

无论是楚格还是苏迟都不会想到，在未来相当长的一段日子里，这就是他们最后一次远途旅行了。

次日中午在酒店前台办理退房手续，苏迟在前台签账单时，酒店的工作人员将两份送给客人做纪念的小礼品交给了楚格。客房配备的同款迷你洗护套装，除了常规的洗发水、护发素、沐浴露之外，还有一瓶保湿喷雾和乳液，礼包看上去小小的，拿在手里倒着实有点儿分量。

"我们一人一份吧？"楚格问。

"不用，你都拿着吧，你不是很喜欢这个香味吗？"苏迟推着两只旅行箱，头也不回地往大堂门口走去，"车到了。"

楚格匆忙地把两份礼品塞进了双肩包里，拉上背包拉链时，不知怎的，忽然觉得这个动作就像一个休止符，宣告了这次旅行在这一分钟其实已经结束。

回程的飞机上，楚格的心情有些异样，太阳穴下藏着一股无处释放的能量，但她搞不清楚那是什么——既不是欢喜，也不是焦虑、忐忑，大概是因为她的心和灵魂还在旅程的某处流连，尚未回归到这具身躯。

她强迫自己睡一会儿，早点儿开始倒时差，可努力了很久也没能成功，反而弄巧成拙让自己更亢奋了。最后只好小心翼翼地从脚边的背包里摸出书来，那是出发前她从书架上随手抽的一本犯罪推理小说，磁吸书签还夹在在出发航班上看的那一页。

她按亮了头顶的阅读灯，刚看了几页，白纸黑字就因她走神而在眼里失焦了。

借着机舱里这点微弱光亮，她忍不住看向旁边座位上的苏迟，他紧闭双目，戴着降噪耳机，一时无法判断他是不是真的睡着了。

对于苏迟来说，经济舱的空间实在有些狭窄，或者说这点儿空间对于任何一位成年人来说都不够宽敞，没人能坐得舒适。最初制订出行计划时，苏迟就明确地表达过，他愿意连同楚格那份一起支付，他们可以坐商务舱，这也不是什么不能承受的负担。为了打消楚格的顾虑，他还提出了另一个方案："或者可以这样，我们坐经济舱去，等到回程，人也很疲惫了，就轻松一点儿坐个商务舱。"话说得很巧妙也有道理，但楚格依然坚决地拒绝了这个提议。

他愿意出多少钱、坐什么舱位，都是他自己的事，我又不介意自己一个人坐在后面，楚格心里酸溜溜地想。她过了一会儿才察觉，自己这种不妥协不合作的态度像是故意刁难对方。

但苏迟只是深深地看了她一眼，没再坚持自己的想法，同她一起订好了机票。

按照楚格原本的计划，一路上要尽自己最大能力跟苏迟AA，为此她在相当长的一段时间里极力节省，克制消费，能不买的就不买，能少买的就少买，她翻来覆去地查账、记账、算账，恨不得卡里的数字能凭空多出一位数。

她还在二手平台上卖掉一些闲置的化妆品、电子产品，就是这样东拼西凑地积攒着旅费，而这一切，她连一个字也没有对苏迟说过。

说到底都是自尊心在作祟，她一方面不愿意对苏迟坦白自己的窘迫，另一方面，她又很清楚，尽管她有坚持平摊所有支出的态度，却没有与态度相匹配的财务能力。他们在佛罗伦萨和罗马住的高级酒店、在阿马尔菲海岸线上开着租来的菲亚特……这些费用都是苏迟提前支付的，没给她看过账单，只叫她好好享受旅行，不必在意这些，也不必计较这些。

"这是你第一次远途旅行，把注意力都放在观赏风光、品尝美食上吧，人生不是随时都有机会去想去的地方，别为不值得在意的事浪费精神。"

后来楚格回想苏迟这句话，竟有些一语成谶的味道。

他们有着全然不同的价值观，苏迟曾经很坦白地说，他认为经济状况相对好的一方理所应当付出更多，哪怕是普通朋友之间，这个道理也适用。楚格看得很明白，这分明就是强弱悬殊的体现，他无意识地透露出自己的傲慢。

她不想被当成弱势方，哪怕对方是苏迟。

苏迟这样的做派自觉没有任何问题，他不明白为什么楚格的眼底会有些欲言又止的复杂意味。他年轻时愚蠢迟钝，不懂女孩子的心思，听不出弦外之音，话里有话。不晓得为什么很多时候自己明明是好意，对方却不领情；有时候自己只是说了实话，却换来了争吵。后来他经历了一些岁月，磨掉了那层愚钝，自以为成熟稳妥了许多，洞察力也有所增进，却依然时时不能理解对方的想法。

他宽慰自己，好在对我来说，这已经不成为困扰了，不再重要了。

楚格甩了甩头，强制自己集中精神回到书页上来。她有点儿生气，大半个月了还没看到凶手是谁，你带本书在包里就是为了给行李增加重量吗？

然而她认真看了不到二十页就头脑昏沉，困意袭来，头一歪彻底跌入了酣眠。当她醒来时，书被插在前座椅背的置物袋里，她身上盖着海蓝色的小毯子，机舱广播里一个清甜的嗓音温柔地播报着："各位尊敬的乘客，现在正在为您发放餐食和饮品……"

遮光板被拉开一寸高，她睡眼惺忪地看向舷窗之外，经过长时间的飞行，外边仍是白天，强烈的金色光芒似乎能刺破世间一切。

她从毯子下面伸出手，轻轻握住了苏迟的手。

她的手指轻柔而脆弱地颤动，他只是任由她握着，不说什么，也没有别的表示。所有止于唇齿的眷恋不舍都包含在这个小小的动作中，楚格也觉得，什么都不必再说。

虽然离飞机降落还有几小时，但在楚格的心中，昨日已成往事，明天已非昨日。

和昨天前天一样，今天的雨也很快就停了。

气压很低，潮湿闷热，不管楚格怎么深呼吸还是觉得缺氧。蝉鸣和城市噪声交缠混杂在一起轰炸着听觉神经，在白天与黑夜的交界处，是人类一天中感觉最孤独的时候。

只过了短短几分钟，太阳便完全隐于城市边缘的远山之下，它掉落得那样快、那样迅疾，仿佛不给你一分一秒走神的机会。周围的楼宇只剩下影影绰绰的轮廓，天空在这时呈现出一种奇异的渐变色，最下面是橘子汽水的橙色，过渡的区域是温暖愉悦的蛋黄色，青白是冷暖色调的交叠，再往上看是越来越浓重深沉的墨蓝，在色彩如此丰富的画幕上，余晖映照出零散凌乱的粉色云翳。

楚格的思绪终于从那趟航班的机舱回到了此刻，回到了现实。

她举起许久没用的拍立得相机给天空拍了一张照片，在白边上用细细的马克笔写上日期，贴在书架背后的墙上。这已经是她拍的第七个雨后黄昏，依然不见彩虹。

关上窗户的瞬间，所有噪声都被隔绝在外。屋子里一时寂静得有些失真，她听见自己缓慢地吐出了一口气。

环顾房间，这个四面白墙的匣子简直像个放大的冷冻室，而楚格看自己时，像在看一些冷冻了数日、即将过期的食材，早已经失去了新鲜、水分和营养。

她一直相信这件事：一个人真正应该学习的是如何与自己相处，可现在她不得不承认，和"自己"相处虽然重要，但与"社会"相处也是生活不可或缺的部分。长时间的自我封闭，离群索居，她早已经在不知不觉中变得反应迟缓，语言能力退化，原本应该蔓延出去感知世界的触角现在都收缩在脑子里，渐渐萎缩。

楚格毫不怀疑这样继续下去自己将彻底失去跟人交流的能力，她联想到一些黑暗诡异的童话故事——该不会哪天我一开口突然发现自己已经不会说人类的语言了吧？

"出来陪我吃个饭吧，我好多天没出门了，整个人都霉了。"楚格给桑田发了条消息，想了想，怕桑田带男朋友一起，于是又强调了一句："就你和我。"

过了几分钟，桑田回复："行呀，吃什么？"

[3]

　　她们约在一家以前常去的川菜馆子，说好七点在饭馆门口碰面。

　　桑田先到，找服务员取了一个小桌的号，小票上显示排在前面的还有十七桌。门口排了好几排简易折叠椅，坐满了等位的人，看起来像是要等到地老天荒。

　　过了没多久，桑田便看到楚格拎着一个奶茶袋子从远处晃晃悠悠地朝这边走来。只见楚格把头发全梳上去，在头顶紧紧地绑成一个黑色大团子，一看就知道是懒得为了这次出门特意洗个头。她的皮肤透着久不见日光的灰白，有几分憔悴几分邋遢，口罩遮着下半张脸，但楚格脸上最好看的是眉眼，生得标致就是占便宜，只露半张脸也是美人儿。

　　楚格上身套了件宽松的、皱巴巴的藏青色衬衣，衬衣里面是件大领口的白色 T 恤，衬得人形销骨立。下身一条旧牛仔裤，脚上一双脏兮兮的白球鞋，这种鞋子楚格最少有七八双，更准确地说，她所有的鞋子看上去都像同一双，她永远都只穿这种适合长时间走路的鞋子。

　　两人随意地打了个招呼，楚格看到桑田精致的妆容，没有掩饰自己的震惊："你和我吃饭，还特意化个妆？"

　　"十分钟就搞定了，又不费事。"桑田挑了挑眉毛，眼皮上有细碎的银色珠光，她涂了蓝色的睫毛膏。如果不是为了省事儿，她不会只用最省事的单色眼影。"不抓紧机会多用用，化妆品全都要长毛了。"

店门口的电子女声又叫进去两桌，腾出了几张空椅子。

楚格先看了看排队的架势，又瞟了一眼桑田手里的小票，轻轻叹了口气。这家店最早是她发现的，后来分别带桑田、知真和苏迟来过。那时候不仅没人排队，简直是门可罗雀，萧条得像下个月就要关门歇业似的，随时坐下来就能点菜，厨师全天候着，老板还会热切地给客人端上餐前水果，笑嘻嘻地寒暄几句。

不知道具体是哪一天，这家店突然火了。

在社交软件上刷到推荐的帖子时，楚格还以为自己搞错了，可能是重名的店吧。后来大数据又给她推了几次，她才想到，大概是老板终于开窍了，学着其他店一样搞了营销推广。这些举措的确见效了，原本默默无闻、濒临歇业的小店眼看着客流量就起来了，就连周一周二晚上都要排队才吃得上。

地址没变，但店内所有的东西都焕然一新，添置了长长的餐台，上面摆满了供客人自取的水果、零食和茶水，灯光都比以前亮了，这无疑是更周到的服务，但楚格心里却泛起淡淡的怅然。

她不是不高兴喜欢的馆子生意兴隆，老板财源广进，她只是有点儿一厢情愿地希望自己熟悉的事物能改变得慢一些。

看到楚格的表情，桑田轻轻笑了一声，她知道楚格心里想什么——还要等多久？为了吃顿饭等这么久，值不值得？要不要换一家？这家要等，谁能保证换一家不需要等？万一到了下一家的时候，这家已经轮到我们的号了呢？

作为多年的好友，她非常了解楚格纠结别扭的性格——大到人生规划、工作计划、感情问题，小到吃一顿饭、喝什么饮品、选哪个颜色的衬衫——在无意义的内耗这件事上，楚格天赋异禀。

"哎呀！我们就老老实实等嘛，"桑田拖过两把椅子，"这种时间就是用来虚度的。"

楚格皱了皱眉，流露出苦涩的神情，她从桑田的眼神里接收到了那种并非恶意的戏弄。

活生生等了四十分钟，终于叫了她们的号。楚格已经饿得没有气力说话，也没了点菜的兴致，她把菜单直接推给了桑田："你做主吧，我什么都吃。"

桑田没有废话，拿手机扫了桌上的点餐码，噼里啪啦一顿操作迅速走完了流程。

"我真佩服你，也羡慕你，永远都不会为了鸡毛蒜皮的小事生气。"楚格由衷地感叹。

"你都说是鸡毛蒜皮了，那就没什么好生气的呀……"桑田抽了几张纸巾把桌面仔仔细细擦了一遍，这才撑住手肘，托着脸，冲楚格笑了笑，"为了身体健康，我们都要少生气，女性很多疾病都是情绪引起的呢。"

和楚格的消沉颓丧不一样，桑田对生活始终保持着一种永不萎靡的热情，她整个人由内而外地释放出强劲的生命能量。这种能力与生俱来，是看多少励志故事和心灵鸡汤都学不来的，不过楚格也从来没有想过要学。

排队时间久，上菜速度倒是很快，红彤彤的菜光是摆在桌上就很勾人食欲。几筷子下去，楚格的气消了大半，也完全忘了自己先前还信誓旦旦地说这是她最后一次光顾。吃得差不多时，两人的额头都布满密密的汗，楚格回头叫服务员，再要一瓶冰镇酸梅汤。

和酸梅汤一起送来的还有一份现切的西瓜，楚格回头望过去，坐在收银台里的老板冲她露出了那种只对熟客才有的笑容，她便也不好意思地点点头，回以一个微笑。

"喂，你觉不觉得老板的面相都变了？他是不是做医美了？"桑田小声说。

楚格差点儿笑出声，接着不以为然地说："很正常啦，我要是挣这么多钱，我笑得比他更灿烂。"

从饭馆出来时间已经不早了，门口排队的人一点儿也没减少。

楚格试探着向桑田提出："要不要再找个地方坐一下，喝点儿东西，我们也好久没见了嘛。"但桑田为难地表示她出门前手里的工作刚进行到一半，必须回去把活儿干完。

"客户着急明天要，你能理解吧？"

楚格体谅地笑了笑，她太能理解了，作为乙方，客户的要求就是圣旨。虽然有点儿不甘心，好不容易出门一趟就这么草草回家，可她还是痛快地跟桑田说了声"拜拜"。

把桑田送到地铁站，楚格独自沿着街道慢慢往家走，她刻意放缓了脚步，心里隐隐希望这段路能长一点儿。

在大部分时间里，她都很耐得住寂寞，也不喜欢热闹和嘈杂，但不知道为什么，时不时地，她也会像今晚这样逃避回家，逃避回到那个倒杯水都能听见回响的密闭空间里。人终究是一种社会性的动物，她自嘲地想着，我也并不例外啊。

才走了一小段路，插在屁股口袋里的手机忽然振动起来，是桑田打来的电话。

"我想了一下，就熬个夜吧，大不了通宵就是了，活儿总是能干完的……"

桑田的声音有种能把人从情绪黑洞里拖拽出来的力量，楚格没说话，但她内心很感激桑田没有直截了当地戳穿她，而是主动给了个台阶。

"你在哪儿？我来找你，我们买点儿酒去你家喝吧。"桑田说。

楚格居住的公寓是一座商住的大厦，楼下有二十四小时便利店，冰柜里、货架上基本都是为年轻人所准备的商品：各种饮料、冰淇淋、酸奶、零食、微波炉食品、降噪耳塞、卫生棉和卫生纸、开架化妆品和卸妆水，以及一些时尚杂志。

　　进到便利店，楚格轻车熟路地走向摆放酒类的货架，拿了一瓶青梅酒，又拿了一提苏打水，走到自助结账柜台付款。

　　和桑田会合之后，楚格心间一直萦绕着酸涩的感动。她们一路慢慢散着步回来，聊了很多最近在网上看的新闻和八卦，这种时候反而要聊那些离日常生活很远的话题。桑田显然是看破了楚格在道别时伪装的潇洒，于心不忍才会半路折返，这就是友谊中的慈悲。

　　楚格并没有意识到自己散发着可怜巴巴的气息，但偏偏桑田敏锐地捕捉到了。

　　也许这就是好朋友之间的默契吧，楚格想。但如果此刻她也能从"自我"中抽离出来观察自己，就会发现，这是多么郁郁寡欢的一张面孔。

　　这张脸上的失落、空乏和沉郁如此明显，她想要别人陪伴，但她不说。

　　大厦的电梯总是很难等，常年满员且不分昼夜。楚格住十二楼，一个说高不高说低也不低的中间楼层。有几次她明明站在电梯比较靠里的位置，但超载的提示音响了很久也没人愿意退出，在僵持和尖锐的警报声中，楚格默默地从人缝里挤了出来，选择去爬楼梯。

她这样做，也并非全部出于礼让的美德，只是单纯地感觉厌倦，厌倦这种毫无价值的意气争斗——这又不是飞来横财，这只是一趟电梯。

楼梯间有股潮湿的霉味，还有些没公德的住户偷偷丢的厨余垃圾，但好在感应灯都是好的，她每爬三四层就停一会儿，喘几口气再接着爬。她还特意对比过时间，得出的结论是爬楼梯并不比每层楼都停一次的电梯慢很多。

但桑田可不是这种软性子，当楚格又犹豫着显示出退让的神情时，桑田死死地拽住了她，用眼神示意她"你别管"，最后，紧贴着电梯门的那对情侣无奈地退了出去，大家面面相觑之时，电梯门缓缓关闭了。

制冰机从中午起就没关过，楚格铲了满满两杯冰，倒上青梅酒和苏打水，一口气喝了半杯。到这时，她的脸上恢复了某种光泽和神采，像是差点儿干涸的躯体被重新注入了能源。有点儿奇怪，楚格想，我并不是特别爱喝酒呀，又想了想，也许不是因为酒，而是因为桑田。

桑田歪着身子坐在懒人沙发上，指着墙角堆着的几个纸箱，用难以置信的语气问："该不会还是我上次来的时候就在那儿的吧，里面到底是什么东西啊？不需要的东西就扔掉呀，这儿本来也没多宽敞。"

楚格没有立刻回答，她看着那几个纸箱，目光有点儿呆滞，她自己也不记得那几个纸箱里具体是些什么了，只知道没有那些东西，日子也正常过着。

"你就是太恋旧了，这也舍不得，那也舍不得，还是我帮你看看吧。"

桑田说着话就爬起来，怀着强烈的好奇心打开了最上面的第一个纸箱，也没什么特别的，只是一箱子旧书，小说、画册，还有些设计类的专业书。第二个纸箱里是半箱子漫画和玩偶公仔。最下面的箱子里是旧台灯、宜家的工具箱和一只药箱，药箱里有两盒创可贴、感冒药、消炎药和综合维生素片，桑田拿起其中一盒胶囊，对着灯光找了半天生产日期，发现已经过期很久了。

"求你了，过期的药还留着干什么？"

楚格无力地分辩："不是留着，是还没来得及扔。"

桑田没理她，目光在三个纸箱中来回审视着，她又翻查了一会儿，看到一只黑色丝绒袋子被几本厚重的书压着，费了好大力气才把它拽出来。

"这里面是藏了什么金银珠宝？"桑田笑着，解开了收口绳。

楚格端着酒杯，冰水沿着杯子的外壁流在手掌里，心里涌起一股强烈的情绪想要制止桑田，可是已经来不及了。在袋子被打开之前，她想起了那里面是什么。

一个小小的大象形状的木雕，一串西西里风格的旧手链和一对同系列的耳坠；两条丝巾，是某个美术馆商店名画周边；发条机械音乐盒，薰衣草香包和手工皂，罗马斗兽场图案的徽章和冰箱贴……全是那趟旅行的纪念品。

"这两个小袋子里是什么，欸？我不知道菲拉格慕还有洗发水呢，你怎么不用啊？这东西不会也有保质期吧？"桑田没察觉到气氛微妙的变化，仍自顾自地说着，"你还用那么重的书压着，也不怕哪天瓶子破了流一箱子，把书都毁了。"

她回过头去才看到楚格恍惚的神情，电光石火之间，她明白了。

这些东西，应该都是那趟意大利之行的纪念品，与那个叫苏迟的人有关——这个名字是楚格的两个禁忌之一，另一个是晓茨。

"放回去吧，"楚格的声音里有种做作的轻松，"无关紧要的东西而已。"

接下来的时间，她们就装作什么也没发生过，东拉西扯地聊了些无关紧要的烦恼，聊了些工作的事和让她们又爱又恨的客户们。

桑田是一位小有名气的商业摄影师，擅长拍摄人像，风格清新而不谄媚，她的镜头里的人往往有种健康的气质，自然不做作。她本人性格开朗，阳光活泼，善于跟人沟通，喜欢开玩笑，在非常短的时间里就能让第一次见的人感觉亲切，在她面前放松下来，因此特别受年轻女生——尤其是有轻微社交恐惧的女生喜欢，在各个社交平台都有一定数量的粉丝。因此，即便她收费不菲，客单量依然很足，按照前几年的行情，要想找她拍照，通常要提前一个季度跟她所在的工作室预约。

"虽然现在不至于没活儿干，但和从前是没法比了。"桑田感慨着说。

楚格赞同地点了点头。

她一直从事着私宅设计的工作，最初在一家规模尚可的公司，市场再怎么不景气也有份底薪撑着，再说房市再低迷又能低迷到哪儿去呢，这个世界总有人在买房卖房，只要有产权交易，就有装修需求，她这一行就有工开。后来她不知天高地厚，尝试转为独立设计师，在这个过程中吃足了苦头，通情达理的客户不是没有，但大部分都是咨询了一堆问题，甚至拿到了初步设计方案，到了谈价格付钱的时候，就没有下文了。这种情况，直到 Alice 出现之后才有所改善。

楚格也是在此之后才更清晰地意识到，自己和世界之间总是需要一座桥梁。

青梅酒还剩下小半瓶，苏打水倒干了四罐，她们再也喝不动了。桑田的手稍微用点儿力就把空易拉罐捏得变了形，精准地投进了一米外的垃圾桶里。她看了看墙上的钟，已经坐了快三小时，真的该走了，她还是想尽量别熬通宵。

楚格心领神会地点点头，她已经占用了桑田很多宝贵的时间，该知足了。

桑田在玄关穿好鞋，手搭在门把手上，就在即将迈出门时，她忽然站定，在心里快速挣扎了一下终于下定决心说："楚格，你要是放不下苏迟就去找他好好谈谈，别一个人闷着内耗。都这个年代了，谁主动都无所谓的。"

听到桑田的话，楚格不由自主地喉咙一紧。

从那只袋子被翻出来开始，她的脑子里就一直盘桓着这个人、这桩事，可是被桑田这样直截了当地讲出来，她还是有点儿尴尬。天知道她多嫌弃自己这一点，明明可以大大方方地说"你别操心了""我会勇敢面对"之类的玩笑话应付过去，可她就是没办法表现得很轻松坦荡。

楚格笑了一下，笑得很难看。

"其实是很简单的事情，你别想得那么复杂，"桑田在楚格的眼睛里看到了犹如火苗般的跳动，怜悯地摇了摇头，"我走了，你把门锁好。"

家里又恢复了安静，不知道从上下左右哪个房间传来了争吵声，摔摔打打闹了好一会儿才消停。因为隔音太差而导致的邻里纠纷平均几天就会发生一次，冲突严重时甚至会有人报警。

楚格以前在公寓的住户群里经常看到有人吵架，一开始她还觉得很好玩，看得多了就腻了，连骂人的话都没新意，实在没什么意思，她便索性退了群。

讲句真心话，有钱谁不知道别墅私密性最好，独门独户，住上十几年也未必知道旁边那家人姓什么。别说是噪声，就算人家天天开着电锯锯木头也影响不到你。

楚格想到她曾经的一位客户，买的是郊区的新楼盘，一梯一户的大平层，非承重墙都有二十多厘米厚。那家女主人用分享的语气和楚格说："我也是看了好多楼盘最后才选的这里，不怕花钱，就是图它品质好。"

她站在水槽前，把杯子洗干净，用厨房纸擦干后放进了橱柜里。这一系列动作是机械的，如同按照程式运行一般。空气里还回荡着桑田离开前说的那句话——很简单，别想复杂——她皱起眉头，不出声地轻轻叹了口气，对眼前的状况有点儿莫名的气愤，大概是因为自己极力逃避着的、不愿意触碰的东西，被别人轻易地掀开了。

我以前并不是这样的，楚格静静地想。

以前我对待感情不会这样软弱，伤感，自怜。她一时有点儿混乱：究竟是这段感情改变了我，还是通过这段感情发现了隐藏的我？

　　她之所以无法诚实地对桑田说出自己的感受，是因为她也糊涂。过去这一年发生了几件足以颠覆她人生观的重大事件，挤压得她根本没有额外的心力去对自己的感情抽丝剥茧。

　　这是她第一次从这个角度去看待自己和苏迟的关系——谜面就是谜底——不是我和苏迟之间存在什么无法解决的问题，而是我对苏迟的感情，它本身就是个问题。

[4]

　　假如一切回到两年前，她再一次走进这个故事里。

　　楚格对任何人格测试都不感兴趣，她有一套自我判断和解释：她定义自己为植物型人格，就像植物只需要阳光和水就能维持基本生存一样。她也没有太多物质欲望，现阶段的需求很简单，有工作有收入，有地方住，想吃什么就吃什么，每个季度添置几件新衣服，偶尔再买点儿喜欢的小玩意犒赏自己，也就够了。在满足了基本生存条件之后，如果能再提升一点点生活品质那就更好了，当然，提升不了也没关系。

　　至于"自我价值"这样更高阶的追求，她眼下并没有清晰的规划和打算。

她在公司无功无过地待了好几年，不爱出风头，存在感不强，没什么值得称道的成绩，也没有动过跳槽的心思，只是日复一日地伏在案头处理着手上的活儿。楚格自知不是公司业务能力最优秀的设计师，也不是最受市场青睐的设计师，但她天然的直觉、审美和简洁清爽的风格也有对标的客户群体。从某种意义上来说，是楚格填补了这家公司之前在年轻化和女性化这两个板块的空白。

到了第四年，比她晚进公司的同事都升职了，她这才察觉到不对。

老板对她本人没有任何恶意，只是私下评价过她的作品："过分注重形式的美，缺少实用性，比起客户的需求似乎更在乎自己的设计理念。这不能说是错，但本质上是一种孤芳自赏的傲慢。"这番话最初在何种情境下说出已经无从考证，反正经过几轮茶水间的小道传播，传至楚格耳中时，已经变成了对她这个人的否定。

她怄着气，在茶水间里坐了一个多小时，空腹灌了两杯冰美式咖啡，心脏跳得像要冲出胸膛，握着杯子的手都在抖。她需要一点儿时间平复心情，试试看能不能消化掉这个让自己犯恶心的消息，像一个成熟的职业人士，假装没听过这些，不往心里去——垃圾话就该进垃圾篓，我只要继续埋头做自己分内的事就好。

她不是不知道，很多人都是这样过来的，但当她走到咖啡机旁，准备摁下第三杯的按键时，她的手收回来了。

没错，成熟的人或许能装聋作哑，但是我不成熟，我做不到。

等到午休时间，同事们三三两两地出去吃饭了。老板办公室的木质百叶窗半闭合着，看情形是在会客。楚格火烧得上了头，也不在乎时机是否合适，敲了几下门，听到里边传来应答声便推门径直走了进去。

老板看到楚格气急败坏的神情，脸上的笑容僵住，不明白她忽然间发什么疯。

房间里静了几秒钟，有点儿尴尬。

"我介绍下，这是我们的设计师，小俞。"老板神情自若地向坐在沙发上的客人说，又转向楚格，"这位是苏迟。小俞你有什么急事吗？"

楚格并不在意那位客人尊姓大名，她只想把自己的事情讲清楚。

她知道，她太冲动，太失礼了，事后她回想起来也觉得自己当时可能是疯了。不过，谁的人生没有过理智脱轨的时刻呢？

"我的确不是履历最漂亮的设计师，也不擅长花言巧语哄客户开心，帮公司多挣钱，但我经手的每单方案都竭尽全力，大家也都是满意的，我今天不是想说什么功劳苦劳这种没意义的话，只是觉得，人与人之间基本的尊重总该有。"

她在灌咖啡的过程中就打好了腹稿，这番话被反复打磨推敲过，所以她说得非常流畅。

老板错愕地盯着她，难以置信眼前这一幕。他既不明白她说的话，也不明白她为什么要挑这个时候说这些话。

这些话一说出口，楚格便知道已经无可挽回，解气归解气，不可能毫无代价。

她硬撑着把话讲完："如果想指导我，提点我，在工作场合光明正大地提醒我就可以了。如果是对我本人有看法和不满，我们可以协商，解除劳务关系，不管怎么样都没必要在人背后说有的没的。其实我也没觉得你是多难得的老板，但我也从来没有跟别人说过你什么。"

她讲完了，全身冰冷，好像连明天的生命都透支了。走出老板房间时她没忘记把门关上。

就是从那天开始，老板再也没主动跟她说过一句话，看到她就像看到某种透明物质，目光会穿过她落到其他地方，有什么非交给她不可的事情，也只让其他人代为通知。

有八卦神经敏锐的同事嗅出了风吹草动，悄悄向楚格打探到底怎么回事："听说你有天去找老板正面对决了？"她通通沉默以对，只是加速赶工那些尚未完结的工作。

表面上依旧风平浪静，但楚格心里再清楚不过，她在这里的时间不会太久了，既然遵从自己的脾气说了狠话，就没理由厚着脸皮一直赖下去。况且，在她的内心深处，还有另一个原因：这里似乎并不是适合她深植的土壤。

加班是家常便饭，一个方案修改 N 遍，说服客户打消那些没有落地可能性的幻想，泡工地，催工期，协调客户和工人的矛盾，牺牲自己的休息时间，自掏车费陪人逛建材市场，逛家具店……这些事情不是不辛苦，但作为工作的部分她还可以忍耐。可如果付出了这么多时间和精力之后，自己在别人眼里只是一个孤芳自赏的傻子，那就没有忍耐的必要了。

梳理完所有资料，再三确认没有任何遗漏之后，楚格把文档里早已经写好的辞职信打印出来。

她也想过万一公司挽留自己怎么办？但这个念头迅速就被盖上了自作多情的戳印，人不该这么幼稚。交接时双方都很平静，老板看上去如释重负，像是终于等到第二只靴子落下来。临到散场，双方都客气起来，心照不宣地讲了些言不由衷的场面话。

也不是一点儿挫败感都没有的——楚格在这种爽快中直观地看到了自己并不具备不可替代的本事。

往后的路该往何处去，她暂时还没有腾空脑子，厘清思绪，只是凭着一股意气做了这个决定。短暂的痛快过后，空虚和茫然从心底扩散开来。

这是楚格第一次离职，真实的情形并不像她看过的剧中那样温情脉脉——和同事们一一道别，互相叮嘱一定要好好保重，眼神和话语里都流露着依依不舍，大家说好等有空就要约出来吃饭、唱歌、喝下午茶，之后端着一只纸箱优雅地离去——根本不是这样。

她提前几天就把工位清理得差不多了，该扔的扔，该拿回家的拿走，最后只剩下笔记本电脑和一只喝水的杯子，往双肩包里一装，俞楚格这几年在这里的痕迹就被抹得一干二净。

她平时寡言少语，不爱参加聚会，和大部分同事都保持距离，关系稍近的一两个也早知道内情，没有特意再打招呼，因此她走的时候，几乎没人注意。

她背上背包，路过茶水间，忽然想起还有一样东西。

那是摆在窗台上的一盆鹿角蕨，是她某次和客户一起逛花卉市场时顺手买的。起初摆在她的电脑旁边，后来被她移到了光照环境更理想的茶水间窗台上，而很多人都以为它从来就在那里，还有人以为那是统一采购的仿真植物。只有楚格清楚它的生长和变化，每次靠在窗口喝咖啡时，她都会因为独自怀有这个微小的秘密而感觉到一种寂静的幸福。

我要走了，你和我一起吧。楚格在心里对它说。

下午三点半，她背着一只脏橘色的旧背包，捧着一盆植物，出了电梯走到写字楼的门口，她没有回头，也没有掏出手机来拍张纪念照，尽管对于一向不喜欢改变的她来说，这一天其实意义重大。

按理说现在的最佳选择就是直接回家，洗个澡，好好睡一觉。可是面对突然降临的自由，她一时还不适应，并且她知道接下来待在家里的时间会相当充裕，想睡多久就睡多久，几点睁眼就几点起，所以，这个过渡的下午才显得尤为珍贵。

这是一个阶段的结束，她觉得应该做点儿增加仪式感的事。

可是她能做什么呢？

对面不远处的一个人把刚点上的烟摁灭在烟灰匣，和发呆的楚格打招呼："嗨，你这么早就收工了？"

楚格瞥了对方一眼，她不认识，很自然地以为他在和别人说话。她向左右两边看了看，真是见鬼了，门口没有其他人。

那人径直走到她面前，看着她手里捧着的植物，表示出兴趣："这是什么？"

"啊？"楚格有点儿不高兴，这人真冒失。尽管她并不是很乐意，还是出于礼貌回答了一句："是鹿角蕨。"

两人离得近了，楚格这才看清楚对方，是有点儿眼熟，但她确定不认识，只能推测大概是以前来咨询过设计方案的客户。现在这个情况，她不方便跟对方聊太多，便收声，拿出手机打开软件准备叫车。

"你是下班了吗，还是要去什么地方？"对方不识趣地又追问了一句。

楚格决心不再跟陌生人废话，当作什么也没听见好了。可她要打车去哪里呢？这个问题她也还没有想好，难道真的只能回家吗？要不要问问桑田在哪儿，去找她喝杯咖啡，向她倒倒苦水？可桑田也不见得有空呀……

她脑中思绪万千，可双脚僵在原地，不能动弹，很快手机屏幕也暗了。

那人看出楚格的犹豫迟疑，便换了个方式问："要不要去吃松饼，我知道一家新开的店，咖啡也做得还可以。"

他的锲而不舍，反而将楚格彻底激怒。

一瞬间，楚格眼前浮现起好几桩恐怖的社会新闻。她冷冷的目光投向了对方的脸——他貌似有点儿意外，没想到楚格会是这个反应——楚格也有点儿意外，那人的表情并非无聊搭讪，他是真的以为她认识他。

这下楚格想起来了，上次在老板的办公室里他们确实有过匆匆照面，只是她当时根本没在意，甚至连他的名字也没听清。

她恍然大悟："啊，我们是见过，请问怎么称呼？"

"苏迟，迟到的迟。"

楚格调整了面部肌肉，挤出不好意思的笑："上次我挺失礼的吧，真是不好意思，我姓俞，俞楚格。"

"我知道，印象很深刻。"

苏迟的语气里有揶揄，楚格看着他，很惊讶自己似乎没有对苏迟产生反感。

后来苏迟对她说，她那天的样子十足像个翘课的学生，嘴上说着什么后果都不怕，但其实整个人绷得很紧，眉间布满了年轻人特有的愤怒，攥紧拳头逼视着不可预测的世界。

他不是爱管闲事的热心人，也并不真的好奇楚格要去哪里。与其说他想陪楚格待一会儿，倒不如说在他想和一个不了解自己的人闲聊几句时，楚格应景地出现了。

所有故事的关键都在于时机。时机这种东西让人很难不相信两个陌生人的相遇除了命定，还能有什么其他的解释。

苏迟走开几步，打电话简短地说了几句"下次得空再过来坐会儿"之类的话。楚格在旁边一声不吭，她再傻也猜得到这个电话是打给她前老板的。

挂掉电话后，苏迟说："那家店不远，但是在一个居民区里，不方便停车。你不介意的话我们就慢慢走过去，怎么样？"

楚格点点头，走过去倒是挺安全的选择，万一中途自己改变主意，或者他有什么不轨的举动，也方便脱身。

苏迟又说:"这个植物……什么蕨,就先放在我车上吧,一直捧着它你也挺累的。"

"那它不就成了人质了?"楚格的心里话脱口而出。

苏迟反应很快,没忍住笑了出来:"不至于的。俞小姐,我只是觉得我俩现在都很无聊,既然有时间,又碰到一起,可以一块儿喝点儿东西,我没有别的目的。"

他们站在树荫下对视了一会儿,楚格的脸微微发烫,耳后飞起一小片红晕。

"你车停在哪里?"她问,又补充说,"对了,我辞职了。还有,叫我楚格就行,千万别再叫我俞小姐,我会起鸡皮疙瘩!"

沿着种满银杏树的道路,他们朝那家新开的松饼店走去。在这段不长不短的路上,楚格丝毫没有预感到,这将会是她人生中一个非同寻常的下午,它标志着一些事情的结束和另一些事情的初始。

他们想不出什么共同话题来打破沉默,毕竟除了姓名之外他们对彼此一无所知。但令楚格感到微微诧异的是,通常情况下,她和不熟的人单独相处多少都会有点儿紧张不适,而苏迟却没有给她造成这种压力。

夏末秋初的天空高远且开阔,银杏叶子将黄未黄,风里有股萧瑟的气味。他们的步调始终保持着一点儿距离,楚格闻到一种淡淡的香，那是来自苏迟穿的亚麻灰色衬衣，不像是男士香水，更像是洗衣液或柔顺剂的味道。

好像有几根小小的羽毛轻轻飘落在楚格的心口，她喉头发紧，干咳了两声。苏迟关切地看了她两眼。

"我没事，没问题。"楚格摇头说。

她不知道这就是欲盖弥彰。

他们走了二十分钟到了那家店，但苏迟没预料到的是这家新开的小店已经打响了名气，生意好得不得了，队伍都排到了拐角。楚格厌烦地叹了口气，如今这个时代，再也不会有寂寂无名的小店和怀才不遇的人了。

她转向苏迟，做了个拒绝的手势，意思是"我绝对不会为了一个甜品排一小时队"。

苏迟也皱起了眉头，他又一次觉得自己有点儿老了，不能理解在一个工作日的下午为什么会有这么多不用上班的年轻人。

楚格有点儿同情苏迟，不管怎么说他也是一番好意，于是找了个台阶给他下："没关系的，我本来也没有很爱吃甜食，我们回去拿鹿角蕨吧。"

苏迟思索片刻，让楚格在原地等着，自己去店内问问情况。过了一会儿，苏迟端着两杯咖啡回来了。

"排队的都是堂食，他们好像都是想进去拍照。外带窗口空着，我就点了两杯冷萃，也不算白来一趟。甜品不好打包，改天我请你吃别的赔罪。"

看他讲得蛮诚恳，楚格也不好再扫兴，默默地接过了咖啡。

"那我们就原路返回吧。"苏迟说，满怀歉疚的样子。

既然不用浪费时间在网红店排队，楚格也不着急去取植物了。她在手机地图上看到附近有个小公园，忽然提起兴致说："不如我们去散散步吧，把咖啡喝完。"

直到记忆被青苔覆盖，这一天的细枝末节仍然清晰、明亮，像是镂刻在生命的版图之上，时间无法将其磨灭。她后知后觉——其实，往后的那些纠葛，在她从苏迟手中接过咖啡的时候还来得及中止。如果听从苏迟的建议，原路返回，取回植物，那么两人连联系方式都不必留，自然也不会再产生任何交集。

如果她没有在地图上看到那个公园，没有心血来潮地邀他一起散步，那他们之间最多也就是短暂两面的机缘。仿佛是命运的鬼使神差，她主动续上了新的情节，像是不舍得它就这样无疾而终。

她很确定自己并没有一开始就陷入爱情，她不是这么热烈的性格，但毫无疑问的是那种浅浅的不舍正是爱情的预兆。

楚格将她和苏迟之间的种种巧合都视为命中注定，却不知道所有陷入爱情的人都一样盲目，误以为自己的故事独一无二，只因为爱情本身就是一场幻觉。

[5]

这个公园不大，但规划得很不错，入口处有几棵高大的红枫树，叶子已经微红。往园子走一会儿便看到中心有一面人工湖，湖边停着十来只鸭子船，鲜艳的黄色给眼前的画面增添了几分生动。和那些商业化成熟的公园不同，这里几乎没有年轻人的身影，没有露营帐篷、野餐垫和懒人椅，顺着步行道一路过去，只看见下棋和打牌的退休老人。

阳光在湖面碎裂成千万点银光，脚下的树叶干燥清脆，冰咖啡使人镇定。楚格忽然想，不知道这算不算是约会。

走了这么久也走够了，在一棵枝繁叶茂的大树底下，苏迟指着长椅说："坐会儿吗？"

楚格点点头。

从旁观者的视角看，这两人真是无聊至极，但楚格身在其中，只希望太阳落得慢点儿，再慢一点儿，这个下午永远不要结束。她和苏迟并肩坐在长椅上，又是一阵长长的沉默，时间好像凝固成了一种透明而洁净的物质。

"我父亲曾经想要一块像样的手表，那时候我年纪很轻，不知道什么价格的表才叫像样。后来我挣了点儿钱，问他喜欢什么样的，想买来送给他，他却对我发了很大的火，讲了些我完全不明白是什么意思的话，听起来好像是他觉得我故意要羞辱他。"

苏迟忽然说起自己的私事，把楚格吓了一跳。

她顺势看向了他的手腕，可是她对手表一窍不通，只认得出一两个品牌的 Logo，但根本分不清款式，更猜不出价格，只好不动声色地继续听下去。

"他胃不好，是年轻时累出来的毛病，所以他不吃糯米做的食物，说不好消化。我现在稍微能体会到一点儿了，有时疼得没办法，只能吃止疼药。但你知道，没有什么药是立竿见影的，我就在沙发上干坐着等药效起作用……在那个过程里，我总会想起他。"

他说这些话的时候，双眼牢牢地看着不远处波光粼粼的湖面。这些话表面是在说给楚格听，但她看得出来，他其实是在说给自己听。

至于原因，她现在还不知道。

苏迟的面容上笼罩着若有所失的恍惚，他脑海里关于父亲的回忆越来越少，越来越淡。最遗憾的不是没有重来的机会，而是即便重来，他也做不到更好。

　　如同所有传统的父母那样，他的父母也一直企盼着他立业，成家，生子，除了第一样他算是勉强达成，后面两件事直到父亲离世后许久都没有进展。他知道父亲对他有失望、有埋怨，却也不认为自己做错了什么。在这样的撕裂和矛盾中，偶尔会窜出一丝负罪感像小虫子轻轻咬噬着他的心。

　　有一年暑假，他和哥哥一起跟父亲回了老家。父亲在那条小河里教他们兄弟二人游泳，哥哥更有天赋，没两天就学会了，但他却始终掌握不了诀窍，好几次他在沉浮之间以为自己就快要淹死了，出于恐惧，一边扑腾一边大喊大叫。

　　父亲失望的眼神是抽向少年脆弱的自尊心的鞭子，他宁愿父亲骂他一顿，也好过什么都不说。

　　高中毕业，他用整个暑假做了两件事——考驾照和练游泳。

　　不练车的时间他基本上都泡在游泳馆的池子里，直至终于可以畅快地游上几个来回。但他并没有因此喜欢上这项运动，勤奋的练习只是为了证明他想做到的事一定可以做到。赌气不是喜欢，更不是热爱，只是一种自我意志的体现。

　　"你会游泳吗？"

　　他终于回过神来，意识到一直在说自己的事，有点儿惭愧，连忙补救似的把话题引向了楚格。

"不会，别的运动也不擅长。我手脚不协调，平衡能力也差，"楚格想起了桑田，"我有个好朋友跳绳很厉害，能连续跳好几百个不断，还会甩些花样。我最高纪录只能跳几十个，还总抽到自己。"

苏迟想到那个画面，觉得有点儿好笑："那你平时喜欢做什么？"

楚格认真地想了想："好像也没什么特别喜欢的，不那么忙的时候，我喜欢睡觉。有时候我在朋友圈里看到别人去这里，去那里，蛮羡慕的，我想我可能喜欢旅行吧，但也没有机会验证，不是没钱就是没时间。

"我是个乏味的人，我的生活就像我本身一样乏味。"

楚格说完这句就词穷了，似乎再说下去就会哭出来。

辞职带来的挫败感到现在才显形，在毫无防备的时候袭击了她。楚格这才明白自己失去的不仅是工作，更是一种惯性的生活。她的身体不由得往前倾了一点儿，呼吸变得急促起来，仿佛有什么无形的东西突然压在了背上。

这和我原本想象的有一点儿不同。明早醒来我要做什么？

"也许不是乏味，只是天真吧，天真很难得也很难保持。"苏迟没头没脑地接了这么一句，又接过了楚格手里的空杯子，起身向最近的垃圾桶走去。

等他回来坐下时，楚格看上去已经镇定多了，还朝他笑了一下。

苏迟静静地看了她一会儿，这个女孩身上有种破碎感和矛盾性，不知道是一贯如此还是因为处境陡然发生了变化。他在思考应该怎样向她要联系方式才不会引起她的反感。

楚格站起来，背上了包："谢谢你请的咖啡，还陪了我这么久，老实说要是我自己一个人今天可能会有点儿难熬。"

苏迟听出了道别的意思，也就没有再拖延，陪她一起走回公园门口等车。眼看着车快到了，他才狼狈地追问："下次想请你吃饭的话，要怎么联系？"

楚格低下头，轻轻笑了一声，这才说："你很沉得住气，我差点儿以为你不会开口了。"

有种微妙的化学反应在他们之间发生了，那种张力强到双方都要竭力克制才不至于手足无措。楚格似乎听见噼里啪啦火花四溅的声音，有一丝电流急速地窜过了全身，每根血管都急速收缩，她做出很轻松的样子，把微信二维码展示给苏迟。

此刻已是黄昏，光线变得浓稠且暧昧起来，城市的轮廓和面前的面孔一样模糊。她不是没谈过恋爱，但苏迟和她以前认识的人不同，他既坦诚又狡猾，看似急切实则胸有成竹。她好像看穿了他，又好像只看穿了第一层。

直到乘坐的车开出几公里后，她才想起那盆鹿角蕨还在苏迟的车上。以此时的路况让司机掉头无疑是个愚蠢的想法，她懊恼地给苏迟发去了第一条消息："我忘了鹿角蕨。"

苏迟很快回复她："我没忘。"

"那你怎么不提醒我？"

"啊哈，我故意的。"

从公司出来，到坐上回家的车，这中间只有短短两小时，但她却好像做了一个很长的梦——街道、湖水、咖啡的香气和苏迟说的那些话，全都没有真实感。她看着手机屏幕，锁了屏，再解锁，那几句对话还在。

没有真实感的东西未必就不是真实的，楚格想，这几行文字就是一切的证据。

[6]

楚格本以为苏迟说的"下次"很快就会到来，但和她期待的不同，苏迟并不殷勤。除了偶尔给她发一张鹿角蕨的照片，告诉她会好好养着它之外，大多数时候对话框都是安静的。

楚格心里攒着火气又无处释放，只好转头向桑田吐槽。

"这人好奇怪，搞什么欲擒故纵啊？"

听懂了来龙去脉，桑田做出了犀利的评价："所以我不喜欢年纪比我大的男人，老端着，装出一副心事重重、伤痕累累的样子，好像全世界他最孤独。害得不谙世事的小姑娘心疼得不行，最后就上了他们的当！"

楚格像是被人戳了脊梁骨一般心虚起来，硬着头皮辩解："我又不是不谙世事的姑娘。"

桑田哈哈大笑："你还不是啊，一杯咖啡就搞得你小鹿乱撞了。"

楚格没控制住情绪，瞬时神色阴沉，垮下脸来。她不该跟桑田说这件事，平白无故给自己招来一番嘲笑。

桑田看到楚格的脸色变化，连忙转移了话题："你最近和晓茨联系了吗，她怎么样？"

"晓茨啊……"楚格顿时忘了刚才的不快，她有点儿内疚，"我也有一阵子没和她联系了，不知道她过得怎么样，改天我去看看她。"

晓茨和她俩同校不同专业，毕业后去了车程一小时的邻市工作。楚格不了解晓茨具体的工作内容，只知道她很忙，经常在微信上说着说着人就不见了，等她再回复已经过去了几小时。

深夜里，楚格偶尔会看到晓茨发朋友圈。有时是抱怨几句暗无天日的加班，但很快就删了，似乎不想留下负面情绪的痕迹。有时只是一张照片：路灯，雨后的小水坑，结冰的树枝，躲在绿化带里的小猫和刺猬。

时不时地，楚格会评论一句"你要照顾好自己"之类的话，更多的时候，她只是默默看着，什么也不说。晓茨所经历和承受的一切，许多人也都经受着，楚格很了解其中的艰辛、疲劳和委屈，那不是在朋友圈发泄几句就能够抵消的。正因为如此，楚格明白无论留言说什么都没有意义，也起不到安慰的作用，反而只佐证了语言的苍白和无力。

对于大多数普通人来说，这是一个连自扫门前雪都要耗尽全力的时代。

辞职快一个月了，楚格还没有找到适应新生活的节奏。记得第一天早上，她醒得比闹铃还早，但睁开眼的那一瞬间她就清醒了——今天不用去公司。

准确地说，她以后都不用再去了。

某种意义上，和苏迟相处的那两小时成为楚格从"过去"跳出来的缓冲气囊，接住了她的惶恐和失落，让她觉得暂时无业的人生也不见得一定会滑向深渊。生活没那么糟糕，石子铺成的路边说不定也会生长出小花小草。

正因如此，苏迟后来的冷淡才会引发她的羞耻感，好像只有她一个人把那天的相遇正经地当成一回事，似乎她觊觎了某种本不属于自己的东西。

我一早应该明白，如果不想失望，从一开始就不该有任何希望，这个道理放在任何人任何事上都是成立的。

楚格发觉，虽然工作的压力消失了，但虚无感却乘虚而入，她现在有大把的时间胡思乱想。为了遏制住这种百无聊赖之感，也为了打发时间，她跟着桑田瞎混了一阵。也正是在这段日子里，她惊讶地发现桑田的社交圈子大得夸张，桑田的大多数朋友她都不认识，一个礼拜下来吃饭的人几乎没重复过。

在欢闹喜乐的氛围里，楚格细细回想了自己的朋友圈子，有点儿好笑，除了几位关系尚可的前同事、在外地的晓茨，就只剩下桑田。

原本挤在桑田的饭局里一起吃喝玩闹也不是什么坏的选择，大家都是很有意思的年轻人，也都很热情，相处起来其实蛮开心的。问题就出在楚格自己藏不住心事，非要向桑田倾诉和苏迟那天的"约会"，结果不但郁闷没得到纾解，还被桑田拿来当玩笑调侃。

桑田讲话一向直率，没有任何恶意，但楚格还是敏感地觉得自尊心有点儿被刺痛。

当然，最根本的原因是她知道桑田说的是事实，无可辩驳——他们确实只是一起喝了杯咖啡而已。苏迟既没有暗示什么，也没有承诺什么，道别的时候讲几句客气话不也是人之常情、基本礼仪吗？楚格觉得自己这么认真，实在是有点儿矫情。

当她冷静下来，一切外出活动都显得索然无味。被动地等待苏迟邀约没意思，参加桑田的朋友聚会也一样没意思。

楚格花了一整天在公寓大扫除，擦了灰，拖了地，扔了很多堆积很久又毫无用处的杂物，心里格外畅快。做完这些，她直接躺在地上睡了一会儿，醒来第一件事便是订了一张明天下午的车票。她要去看晓茨。

定下这个行程后，楚格暂时忘掉了那些略微苦涩的烦恼。

她振作起来，快速地整理了一些没怎么穿过的衣服，有几件连吊牌都没拆，全是以前在购物 APP 上发泄式瞎买的。还有一双麂皮材质的球鞋，非常清新的森林绿色，甚至没从鞋盒里拿出来过。这是从代购手里预订的，也不知道该说是高估了物流速度，还是高估了自己的耐心，等它漂洋过海抵达她的手里时，她已经没那么喜欢了。

她将这些东西通通装进了大容量的行李包，打算都带给晓茨。

从很早以前，晓茨就反复表达过自己喜欢楚格的穿衣风格，夸赞她浑身清爽利落、没有累赘，比那些只会跟着风向走，往身上拼命堆砌流行元素的做法要高级多了。楚格擅长用配饰点缀款式简单的衣服，穿素净的衬衣会戴一对造型夸张的耳饰或大串的项链，夏天穿白色裙子，就用一条热带花卉图案的丝巾在腰间打个结当腰带。她偶尔也穿图案繁复、色彩艳丽的衣服，这时就要做减法，只在手腕上缠一根素链子。

进入职场初期，楚格还延续着学生时代的志趣。存了半年的钱，眼看买房买车都远远不够，干脆去宝格丽买了一只白陶瓷戒指，用银链子穿着当项链戴，简明又大方。随着工作越来越忙，活儿又多又累又琐碎，人被磨得没有一点儿闲情逸致，去得最多的地方就是市场和工地，这些地方都是精致的反义词——楚格从此脱胎换骨，只穿最禁脏耐磨的衣服和最适合走路的鞋。

她在衣柜里兴致勃勃地挑拣着，全然沉浸在兴奋中，但她忽略了一个冷酷的事实：以晓茨现在的生活状况，她大概没什么时间和心思花在装扮上。

周五的傍晚，列车准点到站，等楚格走出车站，天色已经黑透。

晓茨发来一条语音信息，抱歉地说："我还不知道几点能走，你先去我家等我吧，我早上把备用钥匙藏在楼道的电表箱里面了，你自己开门。"

楚格简短地回了一个猫咪说"OK"的表情包，轻车熟路地走向了公车站。

晓茨租的房子在一个年份久远的老小区，曾经是某个单位的宿舍楼，居民大多是上了岁数的老年人。天气好的时候，他们爱坐在楼下晒太阳，那幅画面总让人觉得像是一部二十世纪的电视剧。这种老社区环境单纯，没有社会闲杂人员，出于年代的原因往往都靠近市中心，地理位置方便，租金便宜，然而最大的问题是房子本身——房龄实在太老了。

出于职业的缘故，楚格很清楚，房子就像人体一样，外观固然可以修缮、粉刷、翻新，内在的衰老腐坏却无可救药。

楼道的电压不稳定，灯泡一时明一时暗还伴随着吱吱的电流声，空气里有股霉味。楚格打开手机的手电筒，按照晓茨说的，在电表箱里摸了好一会儿才摸到那把钥匙和一手的灰。

这是一套长条形的一居室，打开门，内部一览无余。楚格将行李包放在客厅地上，看了一眼卧室，如她所料，晓茨提前整理过了。

楚格每次来都穿的那条粉白条纹的棉睡裙被摆在床头，有种熟悉的亲近感。楚格不慌不忙地打开行李包，将自己带来的衣服一件件取出来挂进衣柜，再去卫生间里冲了个澡，换上睡裙，把在高铁上穿过的衣服扔进了洗衣机。

手机显示有新消息，一条是十分钟前晓茨说自己在回来的路上了，另一条是桑田发来的两张衣服截图："你觉得哪个颜色更好看？"她俩经常会将自己拿不定主意的东西发给对方帮忙参考。

楚格装作没看到，轻轻摁了锁屏键。

这时她才反应过来，其实她还在暗自期待着苏迟的消息，不禁有点儿恼火。主要是生苏迟的气，连带着也生自己的气。

正在这时，门锁转动，晓茨拎着打包的晚饭回来了。

"在小区门口的店里买了凉皮和凉面，你想吃哪个？"晓茨温柔地笑着问。

楚格随便指了一下离自己更近的那份，她没胃口但又不能不领情，揭开盖子，是淋着酸辣汁的凉皮。

她努力提起一口气，尽量让自己显得高兴一点儿："这个看着就很好吃！"

晓茨明显是真的饿了，都没怎么说话，几筷子下去外卖盒就空了一半。抬头看见楚格一直盯着自己，她无奈地笑了笑，解释说："我今天早上只吃了一个玉米，中午没吃，完全是靠意志力撑到现在。"

正说着话，晓茨突然想起了什么，她把筷子一放，进了厨房。楚格听见冰箱门一开一关，接着晓茨便端出了一只小碗。

"我昨天下班早，回来煮了酱油蛋，还有一个给你吃。"

楚格没有推让，默默地把鸡蛋吃掉。虽然已经在冰箱里放了两天，口感不如刚出锅的，但一口咬下去还是能吃到卤水的咸香。

这是晓茨很喜欢的小吃，食材便宜易得，制作过程简单不费事，一次做一小锅冻起来可以保存很久，埋进热腾腾的汤面里或是配一碗白粥都很提味。但就算是这么不费时间的小菜，晓茨现在也很少做了。

灯光再暗一点儿也掩盖不住她两只眼睛下的暗沉，额头和下巴各有几颗红肿的痘痘，整张脸写满了"内分泌紊乱"。精神状态很差，讲话都比以前慢半拍，很明显她已经很长一段时间没有得到充足的休息了。

楚格想起了自己最疲劳的那段时间，光是从工作桌前站起来走到洗手间都头晕目眩，只能拿浓缩咖啡当水喝，靠咖啡因续命，眼皮都抬不起了还要在电脑前熬到后半夜。

当时她同时在做两个方案。两边的客户都是赶着装修婚房，像约好了似的都将婚礼定在了国庆节，导致给设计师的时间卡得很死，没有商量余地。高强度的工作造成巨大的压力，严重缺觉导致精神萎靡昏沉，出现耳鸣，工作效率低。她欲哭无泪，为什么一天只有二十四小时，为什么这些人要凑到一起结婚？

她连吃饭时都握着手机，生怕一不留神没能及时回复群里的消息，因为一旦错过消息，急性子的客户就会打电话过来——对楚格来说，接电话是比回信息更让人想死的事情。

那段日子，她只恨自己身体底子太好，被这样压榨竟然还能支撑得住，简直是天选乙方。等到完工交差，她虚脱得犹如大病一场，关了手机在家里昏死一般足足睡了两天，除了中途起来吃饭喝水上厕所，基本没下过床。这样的消耗、透支足以彻底摧毁一个人对工作和生活的所有热情与坚持，她至今无法清晰地回想起来自己究竟是怎样挨过来的。

到了年终，有同事知道她奖金丰厚，起哄叫她请吃饭，她老老实实请了。可吃饭时，他们说了些"真叫人羡慕"之类的酸话。楚格在人前一个劲儿装傻，不多言语，心里却恨恨地想：这也值得羡慕吗？几乎搭上了我半条命啊。

楚格将自己这段亲身经历当例子讲给晓茨听，本意是想劝她换个稍微轻松点儿的工作，哪怕就轻松一点点呢，不要总以为自己年轻，天崩地裂都撑得起，病痛不会找上门。

"我先前有个同事，熬夜熬得精神崩溃，第二天上班路上，就两级台阶摔了一跤，硬是把腿给摔骨折了。是真的哦！我可不是危言耸听。"

晓茨苦笑一声："腿断了也得干活呀，又不是手断了……"

话还没讲完，隔壁突然传来吵架的声音，打断了她们的交流。两人交换眼神，同时屏住了呼吸，带着一点儿窥探八卦的意味，使劲儿辨别那些模糊不清的争吵声。屋子里一时静得出奇，可她们竖着耳朵听了好半天也没听出缘由，末了只有女人的哭声飘散在空气中。

楚格撇撇嘴，见怪不怪的样子。

她住的公寓也经常出现这种情况，但吵架的主角通常都是些年轻的情侣，一边大吵大闹一边摔东西，有时候吵着吵着忽然就安静下来，再晚一点儿就变成了另外一种令人难以忍受的声音。

"打情骂俏当助兴呢。"楚格撇撇嘴，刻薄地说。

晓茨却摆手摇头："你不了解我们这边的情况，住的都是居家过日子的人，中年夫妻、三代同堂什么的，我知道他们为什么吵架。"

"你知道什么呀？"楚格笑嘻嘻地像拍小孩似的拍了下晓茨的肩膀——她瘦得仿佛只剩一把骨架了。

"我怎么不知道，没吃过猪肉也见过猪跑好不啦，"晓茨收敛了笑意，叹了口气，"贫贱夫妻百事哀，在穷人的日子里，磕绊和摩擦总是更多些。"

楚格顿时窘得一个字也说不出来。在晓茨这声叹息面前，她先前开的玩笑显得是那么轻佻，没有分寸，像是漠视别人的贫瘠和痛苦，就连她劝晓茨换工作的建议也显得非常愚蠢。

晓茨把外卖盒子装进塑料袋系紧拿到楼下去扔掉，回来的时候已经剥离掉了身上那层愁苦的气息，像是把低落的坏心情一起丢进了垃圾桶。

她语调欢快地问楚格："你吃不吃得下雪糕？有你喜欢的白桃口味和荔枝口味，前两天你说要来，我特意去买的。"

楚格哪里好意思拒绝，赶紧配合着做出一副迫不及待的样子。可当她目睹着晓茨蹲在外壳都褪了色的冰箱前，拿着螺丝刀一点点凿开冷冻室厚重的冰霜时，她就有点儿想反悔了。

"怎么这么多霜，冻得也太结实了。算了别麻烦了，我不吃了。"她企图劝阻晓茨，已经很晚了，弄出太大动静会影响左邻右舍休息。

随着楚格话音刚落，一整块冰霜"哐当"一声砸在了地面上，霎时四分五裂碎成了一地的冰碴，两个人都吓了一跳。楚格赶快重复了一遍，这次语气更坚决了："算了吧，我真的不吃了。"

她万万没有料到，晓茨突然哭了起来。

昏黄的灯光将晓茨瘦小的背影投射在斑驳的厨房墙面上，那背影比她本身还要更单薄。她一抽一抽地哭着，好像一口气上不来就会当场窒息。可即便这样，她也没有转过头来。

楚格试探着叫了她两声："晓茨，晓茨，你怎么了？"

晓茨回答不了，呜咽堵住了她的喉咙，她哭得像是要把整颗心都呕出来一般。

也许在许多年后的某个与今夜相似的夜晚，另一个时空的楚格会与站在这间厨房里的楚格心灵相通，那个她能理解晓茨此时猝不及防的崩溃和哭泣，能给予晓茨妥帖的安慰或开解，但现在的楚格还太欠缺。她需要再品尝一些无奈，咀嚼更多的痛苦，要与现实的獠牙搏斗过，在泥泞中辗转腾挪，仍然留存几分清白和良善之后，才能真正代入此时此刻晓茨的心境之中……但那毕竟是往后很久的事了。

这一刻，楚格感到有种尖锐的东西顶在她的胸膛且几乎快要刺穿皮肉，可她还是连一句完整的话都说不出来。

她扶着厨房的门，将身体一部分的重量转移到门上，老旧的合页发出咯吱的闷响。这个房子里的一切都充满了年代感——电器、家具、窗户、墙壁、水龙头。

这个旧房子是晓茨的安身之所，也是她的牢笼。

不知道过了多久，十分钟还是一万年，晓茨终于平静下来。她又拿起了螺丝刀继续凿冰，执着得像一个因纽特人要凿开被冻住的家门。楚格没有再阻止，她已经看出来晓茨不是在跟破冰箱较劲，她是在跟另外一种东西针锋相对——楚格不知道该如何定义那样东西。

又过了好一会儿，晓茨抠住抽屉把手用力一拉，整个人差点儿仰翻在地上。

冷冻室的抽屉被拉开了。

她们对坐在窗边吃雪糕，晓茨问起楚格关于辞职的详情。

楚格沉思了一会儿，倒不是不想说，只是这事简短草率得不值一说，总之是她厌烦了，做了个任性的决定，到目前为止她还没有后悔。

少年时看港产职业剧，她被剧中的情节深深吸引。剧中的那些角色，无论从事什么职业都传达出一种自尊：我很了解自己和自己所做的事情有着怎样的价值，并且我相信这个价值。下了班，他们会约三五好友去酒吧喝一杯，周末约着打打球，或者谈个恋爱。人和人之间不会有永久的误会，这一集产生的矛盾，下一集就解开了，分手也分得干脆潇洒。

然而她长大之后发现那些剧情全都是幻影。

同事之间是竞争关系，忌讳交浅言深，大家都有种不在工作环境中交朋友的默契。她所在的行业和公司相对传统行业来说还很年轻，同事们大多也是青春蓬勃的同龄人，即便如此，爱传播是非的、热衷搞小团体的、卖弄小聪明的一点儿也不比别处少，这才不是她小时候神往的大人的世界。

她俩今晚都很意兴阑珊，觉得人生枯乏无味。

楚格原本是怀着逃避现实的目的而来，把晓茨家当作短暂的桃花源过两天与世隔绝的日子，她预料不到晓茨的状态竟比自己更颓丧，一时间被沮丧充满：我们都不是桑田。

桑田不仅能够让自己长期保持明朗积极的状态，还有富余的热情给身边的人输血，她永远情绪稳定，再不顺心的境况她也不会乱发脾气。桑田总说，无论多棘手的问题，最终都会解决，哪怕不是以最理想的方式，但问题被解决，就是理想的结果。

小区里只有晓茨家的这扇窗还亮着灯，如果从足够远的距离看过来，会不会被当成一颗孤单的星？

[7]

楚格醒来。房间里静悄悄的，她从枕头底下摸出手机，一看屏幕上的时间，已经是上午十一点——不上班之后，生物钟全乱了。

她叫了两声晓茨，没有回应。

有条消息是晓茨的留言："临时有些工作的事，我先去公司了。我早上做了煎蛋和白粥，碗柜里有白砂糖。你凑合吃点儿，或者自己叫个外卖，我忙完了就联系你。"

楚格伸了个懒腰，这才清醒过来。

她们昨晚聊天聊到深夜，楚格讲了苏迟的事，也讲了自己对他那种模糊不定的感觉，这个过程对她来说也起到了梳理的作用。果然，人一旦脱离那个环境看待事情就会客观一点儿。

在桑田面前，楚格没有承认的想法，在晓茨面前她坦白了。

"那个人是我喜欢的样子，我是对他很有好感，这也没什么不能讲的，"楚格抠着指甲，脑海中浮现起那个下午，眼神柔和了一点儿，"我跟桑田描述他的时候，她觉得很费解。你知道她喜欢什么类型的男生吗，就是性别反转的她自己，漂亮、聪明、开朗，同时还有漂亮的肌肉线条，荷尔蒙旺盛……"

"那你喜欢什么类型？"晓茨问。

"其实我说不上来，但是和苏迟在一起的时候，我不会拘谨，也不需要装作很成熟稳重，是很舒服的状态，甚至时间流逝的速度都刚刚好。"

不过一想到这些都只是自己一厢情愿的错觉，楚格便泄了气。就当成平淡生活里的一个意外插曲，当作灰尘一样从脑子里抹掉就好了。

晓茨没有恋爱经验，给不了任何建议或评价，但她是一个很好的倾听者。在楚格欲言又止时，她只是在旁边眨着自己那双像小狗一样纯良的眼睛。

"我想你还不至于很伤心，确切地说，你只是有点儿不服输。"晓茨总结说。

楚格洗漱完毕，从电饭煲里舀了一碗粥，还是温的，又往煎蛋上淋了一点儿生抽酱油，独自吃完了中饭。

把碗碟洗干净之后，她去阳台上摸了摸昨晚洗的衣服，还有一点儿轻微的潮意。

手机依然安静得像死过去了一样，想必晓茨一时半会儿是回不来了。楚格犹豫片刻之后订了一张当天下午的返程车票。她决定提前一天回去，不要留在这里给晓茨添麻烦了。

时间还比较宽裕，她从衣柜里随便扯出一件自己昨天带来的衣服换上，步行去了离晓茨家最近的一家超市。半小时后，她提着水果、鸡蛋和一盒牛肉回来了。

晓茨昨晚没有解释自己为什么哭，楚格也没有继续问下去。

可是我现在也过得一团糟，即便晓茨告诉我真实的原因，我又能帮助她多少呢？这么一想，心里的挫败感又加深了一些，现阶段的自己也只能为晓茨做这点儿小事了。

她把牛肉放进了冷冻室，昨晚晓茨蹲在这里凿冰的情形就在眼前。按照楚格的性格，她今天会找回收旧家电的师傅来把这个破冰箱拖走，但她不能向晓茨提出这样的建议，这也太"何不食肉糜"了。

鸡蛋买了两打，楚格特意看过防震包装上的日期，挑了最新鲜的。晓茨很喜欢吃鸡蛋，她曾不止一次地赞美过鸡蛋。

"鸡蛋真的很了不起，你还能想到什么食物像鸡蛋一样不管怎么做都很好吃？咸的好吃，甜的也好吃。水蒸蛋好吃，切两个辣椒随便炒炒也好吃，和红烧肉一起焖入味好吃，做成蛋糕更好吃，就算完全不会做菜的人，烧一锅水，煮两个白煮蛋也能填饱肚子。

"鸡蛋就是食物界雅俗共赏的艺术家。"

楚格把买来的鸡蛋一个个放进冰箱的鸡蛋格，其间她想起晓茨那番关于鸡蛋的溢美之词，很孩子气也很质朴。不晓得是不是生理期将近，雌激素分泌过多导致她特别容易伤感，此刻她的双眼情不自禁地湿润了。

平心而论，桑田是和楚格更合拍的那个朋友。她们成长路径相似，都是出生于小康之家的独生女，父母关系融洽，除了正常的考试压力，没有什么难以治愈的童年阴影。

一路走来，她们彼此影响，从不吝啬将自己喜欢的东西推荐给对方，因此她们的精神世界一直是互通的，有许多共同喜欢的音乐、电影剧集和文学作品。

学生时代的假期，她们经常在桑田家通宵达旦地看老电影，怕吵醒桑田的父母，声音开得很小。看完之后两个人都觉得心里和肚子里都空荡荡的，天亮后赶紧跑去吃了一顿肯德基。

后来她们又不约而同地迷上伍迪·艾伦镜头下的欧洲：温暖明亮的色彩，美轮美奂的老建筑，浪漫的邂逅和突然发疯、不受控制的爱情，于是便幻想着将来有机会一定要去《午夜巴塞罗那》和《午夜巴黎》的拍摄地旅行。

桑田喜欢吉本芭娜娜和任尔夫，也喜欢海明威，楚格喜欢菲茨杰拉德、耶茨和福楼拜，但张爱玲才是她们共同的最爱。她们都在第一次读完耶茨的《复活节游行》之后难受了很久，跟对方说，这就是那种"会捅你一刀的书"。

毕业后她们留在同一座城市，想见面时只要给对方一个电话或一条微信，什么都没有改变，彼此都是对方的人生中最坚实稳固的存在。

尤其难得的是，好朋友之间最微妙的禁区，关于金钱的那个部分，她们也维持得非常好，从来没在这方面出过错漏。

而晓茨，她更像一个让人心疼的妹妹。单亲家庭长大的女孩子，很小的时候父亲就病逝了，母亲做两份工养家，没有再结婚。

有一年桑田过生日，在酒店包了个套间，叫了很多朋友来，大家唱完歌玩游戏，玩完游戏又拍照，礼物摆了一大堆，每个人都很开心。晚上切完蛋糕后，楚格注意到晓茨坐在角落的沙发上，神情有些黯然。

过了几天，楚格小心翼翼地询问，晓茨才悄悄告诉她："我从来不敢奢望像桑田这样过生日，每年我生日都只是回家和妈妈一起吃顿家常饭，做两道平时不舍得做的菜。我多花一块钱都带着负罪感，看到桑田的生日会那么热闹，我很羡慕。"

往常楚格她们讨论未来的人生规划时，晓茨总在一旁默不吭声。这种话题对于她太不切实际了，她的未来是条一眼就能看穿的单行道，哪份工作薪资高就做哪份，哪有什么依着自己兴趣来的选项。

"单身母亲独自养大孩子，是非常、非常艰难的。"晓茨说。

那是难得的一次晓茨对人敞开心扉，以前不说倒也不是因为她为贫穷感到羞耻，而是因为她从小就明白，这些事、这些心情，说出来没有意义，苦难是不会通过倾诉减轻或转移的。

过去那些年，她和妈妈一直住在舅舅家的老房子里，虽然不用交租金，但心理上始终难以摆脱寄人篱下之感。晓茨的人生词典里没有"梦想"这个词，如果非要找一个含义相近的，那就是"目标"。

她的目标从一开始就很明确，她要靠自己的努力挣钱买套房子。夏天有空调，冬天打开水龙头就能流出热水。有带烘干功能的洗衣机，她们再也不用在梅雨季节穿湿漉漉、潮乎乎的衣服。阳台上最好能放下一个小花架，上面摆满多肉植物，她希望在产权证上写妈妈的名字。

楚格的家境也并不算多优渥，但她的成长过程中没太受过苦，所以晓茨的话在她心中引起了强烈的震动。或许是因为那些描述都太过具体，每一个细节都饱含辛酸，楚格听得出来，那个目标一定在晓茨脑中经过了千锤百炼，每一次的敲击都让它更加坚硬。

为了消解压抑，也为了鼓励晓茨，楚格便主动说："那等你以后买了房子，我给你做设计吧。"

"收钱吗？"

"当然要收钱啦，你还想让我白干呢，但我会给你一个最低折扣！"

她们嘻嘻哈哈推搡了一会儿，用玩笑的方式遮掩了凝重。

那次对话距今已经过了好几年，楚格不知道晓茨距离目标还有多远，但她可以想象到其中的艰难，生活的重担是如何沉重地压在晓茨那副瘦弱的身体上，压得她喘不过气来。

她想起昨晚，她的手拍在晓茨肩上，好像再多用一分力气，晓茨整个人就会散架。她充满了羞愧，和晓茨的处境相比，她那点儿烦恼、郁闷显得多么矫情，多么无病呻吟啊。楚格生平第一次发自内心地看不起自己，竟然为了一个萍水相逢的男人就跑来找晓茨诉苦。

看了一下时间，她必须出发了。

她加快速度收拾好行李包，拔掉了电饭煲的电源，确定没有任何遗漏之后就锁上了门，把备用钥匙放回到昨天的老地方。

坐车去车站的路上，她给晓茨发了一条消息："我先回去了，下次再来看你。"

直到高铁发车，晓茨都没有回复。

楚格坐在靠窗的位置，列车驶过连绵不绝的农田和高矮错落的乡村小屋子，风景在她眼前迅疾地倒退着，交错的高压电线像是画在空中的乐谱。两天往返的行程让她疲劳，与此同时，久违的安心又回到了身体里。

楚格想，这种踏实的感觉大概是源自和晓茨共同度过的那个夜晚，晓茨不仅是她的好友，也是她的历史，有时候人之所以有勇气向前迈步，是因为她知道自己背后有什么。

车程过半，手机振了一下。

她理所当然地以为是晓茨，就没有立刻看消息。不然还会是谁呢，我现在是无业游民，是社会的边缘人，谁会在周末的下午想起俞楚格？

手机又振了一下。仿佛福至心灵，她觉得，应该不是晓茨。

第一条是："很不好意思，这段时间我被一些事情绊住了抽不开身，到今天总算是结束了。"第二条是："希望你没有生气，有空的话我们晚上一起吃个饭吧。"

果然是苏迟。

楚格发现，苏迟发消息是带标点符号的，那么正式庄重的语气和行文更显得他像桑田口中说的"年纪大的男人"。可是，怎么说呢……这种老派的做法在楚格眼里却是加分项，她没察觉到自己眉间的阴霾随着这两条信息的到来已经消散殆尽：我确实就是会喜欢这种过时的风格。

"大忙人哦，被什么事绊住了？"楚格故意讥诮地问。

"见面再详细跟你说吧，你在哪儿？"

"我在高铁上，还有二十分钟到站，你找好吃饭的地方，我直接过去。"她的手指在手机屏幕上欢快地跳跃着，每个字都像一个音符。

苏迟没有啰啰唆唆地问楚格想吃什么，几分钟后，对话框里发来一个定位，是家有名的粤菜馆。

粤菜啊，楚格看着手机，莞尔一笑。非常机灵周到的选择，即便平日里爱吃重油重辣的人，也不会抵触偶尔吃一顿鲜嫩爽口的粤菜。如果对方口味清淡，这个安排更是恰到好处。

楚格直接打车去了饭店。

这家饭店大堂宽敞洁净，装修得富丽堂皇又不失典雅。西装革履的服务生彬彬有礼，一看便知是经过严格培训。楚格的目光扫视一圈，看见了苏迟坐在靠里边的一张四人台旁，她不自觉地紧张起来。

楚格坐定之后，苏迟面带微笑地解释："包间要提前预约，我打电话来时……"他话说到一半，便被楚格打断了。

"我们不需要那么私密的环境啦，你点完菜了吗？"

苏迟点了点头，静静地看着楚格把一只大行李包放在旁边的空椅子上，像快要渴死了似的一口气喝光了一满杯柠檬水。

楚格喉咙发涩，但喝水这个动作表面意义大过实际意义。当她放下水杯时，确实感到全身不再紧绷了。她长舒一口气，挤出一个略微浮夸的笑容，显得和苏迟很有距离感，接着她看向了桌边的点餐小票。

"我随便点的，你可以再看看菜单，加点儿你喜欢的。"

"不用了，这些就够了。"楚格收回目光，正视苏迟的双眼，客套寒暄的部分这就结束了。

苏迟比他们上次见面时憔悴了些，下巴冒出一片浅浅的灰青，眼窝微微凹陷下去，眼睛里有种没休息好的疲倦。但相比起楚格的端正坐姿，他的身体姿态是舒展的。

在楚格细细端详他时，他也毫无避忌地正面打量着她：一点儿妆也没化，鼻翼两侧有零星的浅褐色斑点，乱糟糟的头发用大夹子夹着。卡其色的绒面衬衫，从头到脚都带着几分风尘仆仆，像是赶了很久的路才终于坐在他的面前。

在眼神交会中，他们无声地完成了一场交流。

服务员来上菜，牛坑腩、清蒸鲈鱼、脆虾球、白灼菜心、两屉小蒸笼装的点心、一壶碧螺春，甜品是鲜果拿破仑，还单独给楚格点了陈皮红豆沙，满满当当摆得桌面没有一点儿空当。

楚格先喝了红豆沙，陈皮的清香萦绕在鼻尖，温热的豆沙缓缓滑进喉咙一路流到空空的胃里，她不由自主地瞪大了眼睛，确实有点儿惊喜。

"这家菜做得很正宗的，你觉得怎么样？"苏迟试探着问，一副想得到肯定的样子，尽管他已经从她的表情中知道答案了。

"我又不懂粤菜，都蛮好吃的，你很擅长请人吃饭。"楚格想，我现在是不是可以问他那个如鲠在喉的问题了？

她还没想好怎么问，苏迟却抢先了："你这是去哪里玩了？"

"不是玩，我去看一个好朋友，本来想和她好好待两天，但她工作太忙了，我们连顿像样的饭都没吃我就回来了……"楚格眼前浮现起晓茨坐在简易餐桌前，往嘴里大口大口塞凉面的样子，她突然迁怒苏迟，"像你这种人不会明白的。"

苏迟一怔，接收到了她话里的攻击性，但这股莫名其妙的敌意是从哪里冒出来的？像他这种人又是什么意思？

他没有为自己分辩什么，只是稍微静了一会儿，直到硝烟的味道彻底消散在空气里。

"那你呢，这阵子被什么事情绊住了？女朋友？太太？还是小孩？"楚格用满不在乎的神情和语气问出了她其实相当在意的问题。她隐约觉察到自己着急了，将满腹心思和盘托出，不留一点儿转圜的余地。

苏迟把筷子放下，面前的这个女孩清澈见底，他一时间竟也不知道怎么做才是恰当的。

他咳了两声，说："是豆包——我的猫，它病了，一开始在家附近的宠物医院被当成肠胃炎治，打了两天点滴也没有好转，我又带它转去了一家猫专科医院，这才查出病因。因为是传染性疾病，那家不接受住院，所以我得每天送它过去，小猫打吊瓶的速度非常慢，比人慢得多，一瓶药水打四五个小时，我要陪着它打完再带它回家。

"直到这两天，它精神状态好了很多，食欲恢复了，排便也正常，我这才赶紧约你。"苏迟缓慢地说清了来龙去脉。

楚格低头将鱼刺吐在碟子上，苏迟的话令她羞愧难当，她怎么也没想到会是这个原因。那自己先前生的那些闷气，一下就显得十分小心眼了。可是，楚格转念一想，谁知道他说的是不是真的？有个声音在她脑子里——好像是桑田——在说"男人最会说谎，尤其是老男人"。

"那，小猫现在怎么样了？"楚格干巴巴地挤出一句话。

"还在观察期，医生给它开了些护理和增强免疫力的药，今天也是等它吃完药我才出来的。"

楚格没有养过宠物，她从来没有建立过那种唯一且确定的情感联结，因此不太能够确切地理解苏迟这些天经受的一切，他的忧虑和担心，他的寝食难安。她想说几句宽慰的、听着不那么假惺惺的话，可是她想不出来。

苏迟主动转移了话题："你呢，找新工作了吗？"

而这恰好是楚格近期一直在逃避的另一件事。

她还没有想清楚，到底是换个地方继续上班，还是做独立私宅设计师，两者各有利弊。入职去一家新公司，无非就是重复前几年的工作模式，不会有任何新气象，但好处也显而易见，那就是稳当。而后者，风险高，不确定性也多，却是她长久以来的梦想。

"与其说是梦想，倒不如说是执念更准确。可能别人——比如说你的朋友，我的前 Boss，肯定会说我不知天高地厚，自讨苦吃，但我总觉得这是迟早要做的事，是我真正想要探寻的道路。"

楚格忽然有点儿被自己的话感动了，向苏迟敞开了心门："你有没有同感，每个人的一生中都有那么一两件事，哪怕你明知道很大可能会搞砸，会失败，但你还是会去做。"

苏迟点了点头："是这样没错，很多赌鬼也是这样看问题的。"

楚格愣了一下，随即脸上缓缓荡开了一个笑容，苏迟的冷幽默确实能戳中她奇怪的笑点。

筷子伸向了蒸笼里最后一个虾饺，楚格太饿了，好像直到坐在这张桌前，压抑了两天的饥饿感才苏醒。事实上今晚大部分的食物都是她一个人吃掉的。

玩笑话说完了，苏迟回过神来，意识到这是楚格一次真正的表达，不是心血来潮，信口开河，个中意义不像她轻描淡写得那么无关紧要，他的态度也随之慎重起来："既然你还没下定决心，不妨先做一两单试试看，一边积攒经验一边总结不足和缺陷。很多犹疑不决的事情都是在执行过程中慢慢明晰的。"

"道理是这个道理，但是我上哪儿去找客户呢？这一两单也不会从天上掉下来。"楚格还是很有自知之明的，就凭她那点儿社交能力和推销口才？在过去的合作中，她向来是能少说一句话就不多说一个字，这样一想，她又有点儿泄气了，可能还是上班更适合自己吧？

"要不你做我的客户吧，我把你家装了，只收你友情价，不宰你。"她又换上那副什么也不在乎的、伪装出来的面孔。

苏迟没有回应她的调侃，也没答允什么，他只是在脑中检索着朋友里是否有谁刚好有这方面的需求。

这顿饭慢慢悠悠吃了一个多小时，大部分时间里他们都在聊天。苏迟结完账，看到时间已经很晚，便提出送楚格回家。

楚格没有推辞，前一晚和晓茨说话说到很晚，本来就没睡好，现在已经累得没有精力讲客气话。她背上包，和苏迟一起乘直梯去停车场。

与上次在公园中散步相比，他们现在更熟悉了，自然也亲近了不少。从亮堂的餐厅转换到电梯间，再到空间更小的车内，彼此距离越来越近。楚格身体僵硬，但大脑里不断分泌着某种轻盈而愉悦的东西。她看向车窗，玻璃上映出她的脸，眼里光彩盈盈，嘴角弯得似笑非笑，这是她从来没有过的体验。

为什么仅仅是和这个人待在一起，就已经有了一种确凿的情感？

楚格把地址说给苏迟，导航显示一路通畅，只需二十七分钟，她不免有点儿失落。车子驶出停车场，沿着霓虹灯闪烁的城市街道去往楚格的家。

车内的音响里播放着一张楚格没听过的英文歌专辑，旋律很复古，歌者的嗓音是一副沙哑的男声。楚格动作幅度很小地观察了一番车内，企图发现一点儿蛛丝马迹，但车内没有任何装饰物，只有副驾驶座前的出风口夹着一只胡桃木色的车载香氛。

楚格凑近闻了闻，是偏秋冬季节的厚重的木香。

除此之外，便只有一枚小小的白底金色绣线的御守，正面绣着"出入平安"，背面是寺庙的名字。

车的气质和苏迟的气质一脉相承，单调、内敛，乍一看似乎缺少鲜明的个性，但看久了又有种令人欣赏的沉稳。

楚格把车窗降下一点儿，凉爽的晚风和城市噪声一齐从那道缝里灌进来，吹落了她右边的几缕碎发，吹得半边脸的肌肤冰冰凉。

她深呼吸了好几下，悄悄对自己说，你得争气一点儿。

事情明显起了变化。

楚格既不愚笨也不迟钝，她能够很坦率地面对自己喜欢苏迟这件事，也能从种种迹象判断出对方也喜欢她。如果说上次一起散步只是城市里常见的偶遇，那么这次吃饭几乎已经是目的明确的约会了。

但再往后的走向，她就推测不出了。

谁先开口坦白自己的感觉？接下来是循序渐进，顺其自然，还是开门见山，把一切都摊开讲清楚？你是想要一段稳定的关系，还是只想停留在暧昧的阶段？

这一连串的问句把楚格给难住了。

苏迟不是她上学时认识的男同学，也不是公司里那些脱离了性别属性的男同事。他老练，精明，胸有成竹，今晚的他与在公园那天的他气息完全不同，楚格不知道，究竟哪张面孔更接近真实的他。

突然间，脑中的一息理智叫醒了她：把你那爱浪漫爱幻想的坏毛病收一收吧，你了解他多少？发热的头脑顿时降了温，似有若无的笑意从她脸上慢慢褪得一干二净。

"苏迟，你一直没有正面回答我的问题。"楚格的语气冷冰冰的。

苏迟没有反应过来："什么问题？是我为什么拖了这么久才约你吗？我以为我已经解释清楚了。"

楚格没有给他提示，自尊心不允许她再问一遍。

车子驶过一个路口，又一个路口，那张专辑循环播放了两遍。苏迟有点儿狼狈，气氛在他们的沉默中逐渐诡异了起来。

不知道是第几个红灯，苏迟终于揪住了那一点儿线索，他恍然大悟，接着便不能自抑地笑出声来。

"我没有女朋友啊，没有太太，也没有孩子。"他说。

"噢，那就好。"楚格像是不经意地，再次把脸转过去面对车窗。

楚格居住的大厦附近交通状况非常糟糕，明明道路两旁有市政部门划线的停车位，但很多人为了不交停车费会特意避开那些白色方框，加上停放的各种颜色的单车和电动车，行人几乎没有多少行走的空间。

　　苏迟开着车绕着大厦兜了好几圈，见缝插针地找到一个能临时停车的空位。楚格伸手从后座上拿起背包，准备开车门时，她忽然侧头问苏迟："你要不要上去坐坐？"

　　她也不明白自己怎么会突然冲出这股勇气，或者说是傻气。

　　苏迟眼里闪烁着错愕，像是要经过慎重的思考才能答复。看见他这副神情，楚格立刻后悔了，她知道他大概是误会了，但她细细回想，好像也不能全怪他。

　　"豆包今晚还得再吃一次药，我不在家的话，不方便观察。"苏迟很真诚地对楚格解释说。

　　尽管是在夜里，楚格还是觉得自己脸上的红晕恐怕太明显了，她真想揍他。

　　"你胡说八道什么啊，谁让你整夜别回家了，你想得很美哦。"

　　一安静下来，他们之间的张力就重现了。随之而来的，是某种说不清楚形状和质地的东西在他们之间缓慢地流淌着。楚格感到强烈的拍击感，来自她身体的深处，远比上次在公园和他分别时更明朗，更激越。

　　她好像进入了一个未曾涉足的秘境，那里的雾气让她的双眼都湿润了。

苏迟并非迟钝得毫无察觉，他只是不想开始得太迅速、太草率。

他不是很年轻了，惊心动魄的喜欢和无法承受的纠缠他都有过，过往的感情经验让他知道一时兴起很可能引发不可控的后果，所以他考虑了很久才约她。小猫生病的确是真的，但不是唯一的原因。当他今晚在餐厅里见到她，看到她的面孔，他便知道她为这一次再见面已经期待了很久。

她的热切令他不忍，可是他又不知道该怎样提醒她，人在失意的时候很容易丧失判断力，混淆一些东西——比如他知道虽然自己条件还算过得去，但绝对没有魅力非凡到令一个比他小了近十岁的年轻女孩这么快就爱上自己。

[8]

苏迟很晚才到家，豆包已经蜷在沙发上睡着了，仿佛对他今晚回不回来并不在意。他去看了一下豆包的碗，猫粮少了一些，水碗也差不多见底了，表面上漂浮着几根猫毛。

他把剩下的水倒了，碗也冲洗了一遍，再倒满干净的矿泉水放回原位。

听到动静，豆包只是稍微抬了一下眼皮，换了个姿势又继续睡了。

苏迟关掉了刺眼的大灯，只留了光线柔和的壁灯。他知道自己应该去洗澡，或者直接去睡觉，可他只是面无表情地坐在沙发上一动也不动。

他后来还是去楚格家坐了一会儿，差不多一小时，帮忙似的喝了两杯她冰箱里那盒还有一天就过期的番茄汁。跟他预想的不一样，楚格作为职业设计师，她的住处并没有繁复的装饰，也没有让人眼前一亮的各种巧妙改造，那房子……只是个最基本的生活空间。

当他提出疑问时，楚格被逗笑了："疯了吗？这又不是我自己的房子！"

她笑得很欢畅，比在外面、在餐厅里都更放松自然。

苏迟想，大概是因为她现在在自己的家里，这是她的安全区域，她的主场。

在那一小时的时间里，他们几乎一直在聊天，对话很密集，很少停顿。楚格坐在地毯上，身体往前倾地提着各种问题，像是要从苏迟的口中挖出更多自己想获知的信息。

"你的小猫多大了？怎么来的？"楚格问。

"大概是七岁，或者八岁，捡到它的时候带去体检，大夫从牙齿推断大概两岁左右。"苏迟的朋友都知道豆包的来历，他很久没有跟别人说起过这段故事，因此有些生疏了。

"它一直生活在我住的小区……那时我一个朋友外派出国，房子要空几年。我刚好打算换房，不想自己一边住着，一边每天接待房产中介带客户来看房，干脆就搬去了他那边。小区里有好几只猫，豆包是它们当中最聪明机警的……绿化带里藏着喂食器和水碗，离我住的那栋楼很近。听夜班保安说，它只有深更半夜才会去吃饭。

"那阵子我有些事情，总在公司待到很晚，有时候懒得开车我就走回去，连着好些天我都会碰到它……它喜欢跟着我走一段，直到我刷了门禁，它才掉头离开。冬天的时候，我还在地下车库见到过它，它的确像邻居们说的那样聪明，很快就记住了我的车，有时会在引擎盖上留下脚印。"

楚格静静听着苏迟用很平淡的语气说着这些，她没有插嘴，默默地吃着一块黄油蛋糕。其实她晚饭吃得很撑，但这块蛋糕是和番茄汁一起买的，马上也要过期了，她不想浪费钱。

"你后来为什么会想到收养它呢？"

苏迟只在心里犹疑了几秒钟就决定只说一半实话。

"我一开始并没有这个计划。小区的氛围还不错，密度低，绿化好，安保严格，住户不是很多，大部分人对动物都很友好，不管是出于真正的善意还是出于中产们虚伪的体面，总之你会觉得，小动物们在这里生活没什么问题……直到有天我看到它拖着一条受伤的腿，走路都很艰难，我叫了一句'小猫'，它就瘸着腿朝我走过来，那份信任让人实在无法辜负。带它去医院的过程比我预想的要顺利很多，它好像什么都明白，很领情，检查和治疗的过程都非常配合，它出院之后，我就顺理成章地把它带回家了，一直到现在。

"很多重要的决定，往往都是人在一时冲动中做出的，但你当时并不能准确地知道这意味着什么。"

苏迟边说着话，边在脑海中回忆起和豆包共同度过的这几年，各种细枝末节浮现在眼前。

它机敏，独立，爱干净，很快就适应了家养，一天中大多数时间都在睡觉，除了生病之外几乎不给他添任何麻烦。中间搬过一次家，他们一起换到了苏迟自己名下的房子里，即使到了全新的环境，豆包也毫无应激反应，它玻璃弹珠一般光溜的双眼里有种见过世面的通达。

苏迟觉得，与其说是宠物，倒不如说豆包更像一个不会说话的室友。

"你一个人住，想过养个小动物吗？"苏迟问楚格。

"没有哦，以前工作很忙很累，我自己都过得乱七八糟的，当然现在也没好太多。以后等我状态好些了，收入稳定了，也许会考虑的……"楚格自嘲地笑了一下。

"这样是对的，"苏迟赞同地点点头，"慎重是负责的体现。"

楚格直起了身体，靠住椅背，蛋糕已经全部塞进了胃里，她现在撑得要命，可她还是舍不得起来活动一下，仿佛任何轻微的言语和动作都会惊扰到此时此刻的安宁与静谧。她在心里暗暗祈求着，这个涌动着魔法的时刻能再延长一点儿。

从命运交会的开始，我就没有怀疑过自己将会爱上你，你也很清楚我们之间必有纠葛缠绕，我们心照不宣却又缄默不言。我们唯一不能够确定的是，究竟哪一分哪一秒，哪一个眼神才是故事的第一笔，因此在这之前的每一寸时光，都是完美的序章。

苏迟站起来道别，这已经是第三次了，真的该走了。

楚格没有再做挽留，她觉得今晚就到这里已经足够好，以后的事情留到以后再发生，最起码今晚她不贪图更多了。

她拿起钥匙和手机，送苏迟下去。

电梯到了，门打开，只见里面有三四个吵闹的年轻人，楚格犹豫了片刻还是跟着苏迟一起进了电梯。惨白的灯光照着四周饱和度极高的广告，电子屏上循环播放着恶俗刺耳的产品宣传广告，那几个人身上散发出熏人的烟臭味，他们用一种欢快的语气旁若无人地高声讨论着去哪里吃夜宵，吃完要不要再去唱歌，午夜场最划算。

楚格只觉得眼耳口鼻无一不受到污染，全部感官都陷入地狱一般，无处逃遁。

她脸色乌青，紧闭双唇，屏住了呼吸，羞耻感翻涌着，像火焰燎烤着她的头皮。她竭力克制住自己不要开口，不要主动招惹事端。

她在心里咒骂着：这是封闭空间，吵死了！没有公德心的家伙们！

可她脑子里同时还有一个理性的声音在分析着：你之所以这么生气、愤怒，原因并不在于那些臭味和噪声，而是这个电梯间的狭隘、污秽和浑浊，清楚地揭示了你的窘境，粉碎了你那点儿原本就单薄得可怜的虚荣心。

现实的手指轻轻一戳，今夜的浪漫幻境刹那间塌陷，碎成泡影。铺设在漏洞百出的生活上的种种粉饰扑簌着抖落，暴露了她的无力和失败感。

苏迟一言不发，神情从容，可谁都看得出他跟这个环境有多么格格不入。而这份违和感是楚格自己造成的，是她非要邀请苏迟去家里坐坐的。

像是想挣回一点儿尊严似的，楚格坚持为苏迟付了停车费，四块钱一小时，她抢在他前面扫了付款码。苏迟看穿了她的倔强，没有多说什么。

开车前，苏迟降下车窗来对她说："我回头问问几个朋友，要是有需要你帮忙的，就介绍你们认识一下。"

楚格点点头，没有说话，她的笑容在晚风里支离破碎。她还没从刚才那阵情绪里解脱出来。

她站在黑夜中，身后的便利店亮着灯，头发被风吹得很凌乱，她轻轻地挥了挥手告别。

这一幕里的楚格看起来分外单薄脆弱，好像轻轻一碰就会碎裂。

苏迟只觉得心里涌出一种异样的感觉，他应该说点儿什么，酝酿了一小会儿，他说："上次散步时，你说你一直没机会去旅行，以后要是你愿意的话，我们可以找个想去的地方一起去转转。"

"你不用安慰我，也不用许诺我什么，"楚格不知道自己在跟什么斗气，言语脱离了她的掌控，"我过得不好，又不是你造成的。"

苏迟怔了怔，换成更温和的语气说："怎么是安慰呢，这又不是什么不能实现的难题，你说对吗？"

楚格深深地吐出一口气，她连再见都没说就转头跑了，她预感到自己再多看苏迟一分钟可能就会哭出来。

晚上刷牙的时候，楚格定定地看着镜子里的脸，这张脸上有了一些微妙的变化，那是一种对某些事物有所期许而萌生的光泽。她的眼里不再冷漠暗淡，并且确定了某种前所未有的东西，她感到它在自己血液中奔腾。

虽然到这一刻为止，她的状况没有任何实质上的改善，却凭空生出了些许希望和光亮来。有股纤弱但确定的力量将分崩离析的碎片逐一黏合。这股力量指引着她，叫她不要自怜，不要丧气，叫她振作，重建生活。

她给桑田发了一条信息："我好像真的爱上了一个人，跟他分开的时候我的心就像被抽空了，我感到恐惧，但是爱不应该让人恐惧吧？"

桑田先是发来一个问号，然后言简意赅、直截了当地问："你们睡过了？"

"没有，你扯到哪里去了。"

"那就还不算真的爱上。"

在同一个夜晚，苏迟把微信里的名单粗略地翻查了一遍。

他有几千个微信好友，很多都是在一些避无可避的社交场中加的。事实上，其中的绝大多数人除了在加好友当天打过一个招呼，之后就没再说过话，如果当时偷懒没有设置备注，越往后就越想不起对方是谁了。

他索性退出了微信，切换到手机联络人，很快找到了一个名字，毫无迟疑地打了过去。响了几声"嘟"之后，接通了，对方的语气里充满了惊讶。

"苏迟？这么晚突然打给我，出了什么事吗？"那是一个温柔低沉的女声。

"不是急事，只是刚好想起来你有次说想把房子重新弄一下，好像也挺久了，弄完了吗？"

"没呢，我不是搬回我妈家住了吗，那边一直空着。本来想说挂出去出租吧，可思前想后觉得我自己在里边都没住多久呢，就这么租给别人，莫名有点儿委屈。"她轻笑了两声，又问，"你怎么忽然想起问这事？"

苏迟短促地咳了一声作为掩饰，尽量装得漫不经心地说："我最近认识了一个做室内设计的朋友，之前在老陈那儿，现在自己出来单干了，年轻人没什么客源……我想着，你那房子要是还没弄，就介绍你们认识一下，算是互相帮助吧。"

短短几句话他却说不流利，一下子就被对方听出了端倪。

"女孩子呀？难怪你这么热心，大晚上还特意给我打个电话。"电话那头的语气里充满了调侃的味道。

"哪儿跟哪儿啊……"被老朋友犀利地点破了心思，苏迟自己也笑了，"不和你瞎扯啊，没问题的话我就把你名片推给她，她叫俞楚格，你可以叫她小俞。"

电话那边爆发出一阵爽朗的笑声："苏迟啊，你可真是老了，你自己听听这样称呼合适吗？像人家的长辈。"

"啊？是吗？"苏迟略微错愕，"那回头你们自己聊吧。对了，知真，我们也很久没碰面了，等你有空出来吃顿饭吧。"

"嗯——"

他正要挂掉电话，手机已经离开耳边，却猝不及防地听见叶知真提起了一个他曾经无比熟悉的名字，她说："喻子年初结婚了，我想了下，觉得还是告诉你一下好。"

这个名字像是一个启动程式的密码，长久以来压在他心里的那块石头缓缓松动了，紧接着是一阵透不过气来的巨大空白，就连他自己也觉得夸张。他和喻子……都已经是多久以前的事了，怎么还会有这么剧烈的反应。

"她也没通知我，是我无意间在网上看到了她的婚纱照，你知道我这人呢也藏不住什么事儿，就主动问了她，我们简单聊了几句。她说只邀请了双方的家人观礼，相当于办了个规模很小的私人聚会，没有叫其他人。苏迟，要是你不想知道这件事，或者说让你不舒服了，你就当我多嘴吧。"

"没有不想知道，也没有想知道，她早就是和我无关的人了，我们不用这么郑重其事地谈论她。"

苏迟不动声色地挂掉了电话。

他找到了和楚格的对话框，简单地说明了情况之后便把叶知真的名片推了过去，这样主动权就在楚格手里，到底要不要加好友，由她自己决定。

冷静了一会儿，他又给知真发了条消息："有照片吗，发来看看。"

这句话里没有主语，对他来说，好像仅仅是打出喻子的名字都是某种障碍。

苏迟长时间地盯着照片上的人，说不上是什么心情——比悲伤要轻淡，比遗憾要沉重，复杂极了却叫人词穷。手机屏幕一次次暗下去，又一次次被重新点亮。

知真很贴心地挑了一张喻子的单人照。

照片上的喻子穿着款式简洁的白色缎面礼服裙，发型简洁端庄，拿着一小束白绿色系的手捧花，正对着镜头笑得既明媚又含蓄。那张面孔苏迟再熟悉不过了，可神态却是陌生的。

在他们关系还很亲密的时候，喻子从来不这样笑，她的情绪总是很极致，难过就哭，高兴就大笑，从来没有这样恰到好处的分寸感，苏迟爱的就是她身上那种未经雕饰的率真。但他们之间那些温柔的、清新的东西，都被后来的争执、冷战、互相指责、小心翼翼的试探、短暂的和好之后又爆发更大的战争尽数摧毁。

这些年里他很少主动想起喻子，也很少有固定的情感关系。像是患上了某种应激障碍似的，一旦他和另一个人稍微亲近点儿，眼看着就要进入到下一个阶段，脑海中就会立刻浮现喻子失望的眼神和模糊的脸，然后他就会习惯性地退缩，这样周而复始过几次之后他便彻底厌倦了。

某种意义上，喻子是他的痼疾。他们曾经在一起那么久，共同生活过那么久，彼此的人生有一部分是和对方纠缠着生长的，水淹不灭，火烧不尽，可照片中的新娘是谁？苏迟觉得那是自己不认识的人。

所有鲜活的经历都被时间磨损至面目全非，尘归尘，土归土。

喻子离开之后相当长的一段时间里，他的生活只余下触目惊心的空旷，和豆包。

苏迟忽然恶作剧般地凑到豆包身边，戳了戳它，把手机屏幕冲向睡眼惺忪一脸懵懂的豆包。

"豆包，你看这是谁？"他轻声问，"你还记得吗，那次你的腿受伤，是我们一起把你送去医院，后来又一起接你回家的。"

睡意正浓的豆包被他吵醒，黑葡萄般的大眼珠里全是懵懂。它不耐烦地打了个哈欠，灵巧地转过身在沙发上伸了个懒腰，然后轻盈地一跃而起，躲回了它的帐篷猫窝。

[9]

周六的下午，在楚格家附近的一个社区咖啡馆，她第一次见到了叶知真。

知真的外形会让人很自然地联想到，她一定是那种很典型的干练、果断、做事利落的职业女性。

不拖沓的黑色中长发，脸型是古典的鹅蛋脸，皮肤很白，眼角有一两条几乎看不出来的浅浅的笑纹。妆面清淡，只画了眉毛，鼻翼两侧有轻微的红，是墨镜的压痕，嘴唇涂了一点儿砖红色的唇膏。她穿深灰色的休闲西装外套，别了一枚精巧的双 C 胸针。手臂上挎着一个看不出牌子的黑色大包，穿着平底鞋，身材瘦长高挑。

"你好高啊，"楚格脱口而出，声音听上去有点儿突兀，但她还是决定把话说完，"有一米七吧？"

"一七二。"知真微微一笑。

服务员拿来单子，楚格点了冰美式，知真点了冰拿铁，然后两个人交换信息似的对视了一眼，又要了一份奶油华夫饼，这样小小的咖啡桌就被摆满了，她们在这里坐多久都心安理得。

咖啡上来之前，她们没有开门见山直接沟通设计方案，也没有闲谈，而是不约而同地望向窗外那棵粗壮的梧桐树，一起发了一会儿呆，像是在静默中等待目睹一片树叶的掉落。

就这样安静地过了一会儿——但又仿佛过了很久，知真的思绪回到了面前的咖啡上，她喝了一口之后，由衷地说："和你在一起很舒服，楚格。"

她没有叫"小俞"，在她们刚认识的那天，她就叫她楚格。

苏迟特意叮嘱过,这个女孩子最近才出来单干,脸皮很薄,可能在交流和对接上会缺乏一些技巧,希望知真能理解。

而仅仅从楚格在线上的表现来看,她确实生涩笨拙,没有经过训练,好像不知道应该从哪里开始,没有任何铺垫和介绍就着急忙慌地发了一长串从前的作品过来给知真:"你看看有没有喜欢的风格?"

知真只点开了前两个链接匆匆扫了一遍,这两个案例都是小面积住房改造。一个是三代人同住,对原户型做了格局变动,增加大量储物空间的同时尽量给每个成员保留一点儿私密性,另一个则按照年轻人对生活的想象在有限的空间里做了系统化的改善,增加了沐浴间、衣帽间、书房和咖啡吧。

这些案例对知真来说,没有任何参考价值。

她空着的那套房子有一百六十平方米,三居室,南北通透的双阳台,大落地窗,衣帽间宽敞得能放下一张单人床。卫生间有两个,连浴缸都是现成的——她不是因为对它有什么不满才想重装,恰恰相反,她也觉得它太好了,每个细节都尽善尽美,可是她在里面只住了不到两年的时间——和她的婚姻一样长。

知真在对话框里说:"我只想把那房子里的一切都清除干净,像没有人住过那样,作为一个崭新的开始,你明白我的意思吗?"

楚格停下了打字的手，屏幕反射出她眼里闪过的一片慌张，她不敢说自己明白。

接着知真收到了两个文档，分别是《客户生活习惯需求调查》和《客户需求梳理报告》，这次她花了一点儿时间将两份问卷仔仔细细看了一遍。前者是一些非常细致的问题，包括家庭成员人数、喜好，针对每个房间的功能性都列了很多选项，连家人是否信风水都考虑在内；后者则笼统一点儿，但更务实地提到了装修预算之类的事宜。

楚格说："等你有空的时候可以先把这两份调查问卷填了发给我，这样我就能得到一些基础信息，出一个初步方案给你。"

对话在这里停下了，知真的状态显示着"正在输入中"持续了很久，久到令楚格感到忐忑，她猜测那会是很长的一段话，可她不知道其实知真在这头打了又删，删了又重新打，纠结反复地组织着语言，却始终感到词不达意。

她想说的，制式问卷里没有提供选项。问卷里的问题，她一个也不想回答。

她最后只发了这句话过去："你周末有空吗，我们见面聊。"

即使是休息日，知真的手机也没有安静过。关了声音的手机在包里一直振动着，她不用看也知道是那些工作群里的消息，绝大多数时候那些消息并没有价值，也没有真正的信息含量，只是一些废话，一些数据垃圾。

但不管怎么说，这几年的时间是工作拯救了她，如果没有工作的忙碌填满生活的空隙，她不敢想象自己如何度过最失意低落的那段日子。工作带给她收入，收入给她尊严，是这些现实的、世俗的、物质的东西像船锚一样定住了她在这个世界上的坐标，是这些烦人的合作方、同事和上司织成了一张坚实的网，兜住了在灰暗中下沉的她。

在咖啡馆里坐了两个钟头，楚格又喝了一杯冰美式，她们聊了些无关紧要的话题。"为什么不在老陈的公司继续待了？""你也认识老陈啊？""是啊，我们都是苏迟的朋友，你和苏迟在交往吗？"

楚格突然涨红了面孔，连连摇头摆手否认，她完全没想到知真会这么直接。

知真又笑起来，她对楚格印象很好——这个女孩子不仅年轻，而且有着与这年轻相称的清澈羞涩，不沾尘埃，眼角眉梢没有一丝一毫讨好这个世界的神情。

"我方便去你住的地方看看吗？"知真问。

虽然有点儿冒昧，也很难猜出原因，但楚格还是点了点头："我一个人住，没什么不方便的。"

知真没有在楚格家打扰太久，毕竟那只是一居室，花不了多长时间就看完了。这个过程中楚格也感到了新奇，一直以来都是她去客户家量尺、复尺，对方来她的住处参观这还是第一次。

"我喜欢这里，清爽简单，最重要的是什么，你知道吗？"知真顿了顿，很认真地说，"这里只有你的生活痕迹，没有另一个人。"

楚格怀着好奇，凝视着面前这个女人：她散发出一种令人着迷的气质，糅杂了粗粝和潇洒飘逸，且两者达成了微妙的平衡，某个角度看上去不堪一击，另一个角度却又生机勃勃，像经历过巨大的溃败而又被溃败滋养成了一个更强壮的灵魂，她有千万种故事，却只有一个主题。

楚格想起自己曾经读过的句子，是那么准确而恰当地描述了叶知真——她的身上有一个不可战胜的夏天。

Part 2

苔

鮮

[1]

楚格和叶知真迅速达成了一致。

这是她自立之后做的第一桩方案，某种程度上，她甚至比知真本人看得更重。

第一次去量尺是在某个工作日的晚上，知真下班后又磨蹭了一小会儿，特意想要错开晚高峰。快八点时，楚格的手机振了一下，收到消息："到你楼下了，下来吧。"

知真开一辆白色的奔驰，车内没有多余的装饰，好像从买来它就是这个样子，也会永远都是这个样子。

"吃饭了吗？"叶知真问，"要不我们先去吃点儿东西？"

"不用，我不饿，下午吃了面包。"楚格说。

其实那个小小的红豆面包早已经被消化了，就是便利店的烘焙区里最便宜的那种。她在等知真的消息期间好几次想点个外卖，又担心外卖还没到知真就到了，毕竟她们并没有事先约好具体的见面时间，就在这犹豫反复中错过了晚饭时机。

"那我们到了那边再看吧，我也很久没去了，不知道附近有什么吃的，要是有简餐快餐什么的就随便吃点儿对付一下。"知真说。

半小时后，她们到了那个小区门口，停在了路边的停车位。

楚格注意到这片区域的公共环境和自己住的那边有着天壤之别：道路两旁是划了白线的规规矩矩的停车位，每辆车都停在计费的方框里。步行道上有专供单车和电动车摆放的区域，不至于挤压行人的空间。底商没有餐饮，只有高端连锁的干洗店、美容沙龙和生活超市。再没有生活经验的人也能直观地判断出这个住宅区价格不菲。

楚格悄无声息地吞咽了一下口水，她觉得在这里不可能找到吃的。

"我记得以前这边有家轻食店，卖些沙拉啊薯条什么的……"下车后叶知真左顾右盼，像是在记忆的地图里搜寻着那家店的踪迹，"虽然味道一般，那些东西再怎么做也不会很好吃，可是也不至于倒闭吧。"她自言自语着。

楚格听出了她声音里些微的沮丧，连忙打断她："我们先上去吧，吃饭的事晚点儿再说。"

虽然叶知真说过"你这里没有另一个人生活的痕迹"，但楚格目视这套房子里的每一处细节，不仅没有另一个人，甚至可以说是根本没有生活的痕迹，就像一套样板间。

那是种很奇怪的景象，明明家具、电器一应俱全，大品牌的整体定制，主卧里是气势惊人的大床，厨卫的各项功能应有尽有，可以毫不夸张地说，只要带把牙刷就能入住。可是楚格站在客厅里只感觉到冰冷，那种寒意从刷着蛋白色的墙漆的墙壁源源不断地向外渗出。

楚格一直认为，私宅是人们生活最具象的体现，一个人的家多少会折射出一部分这个人的内心世界，居所是人精神的外化。也许这种观念映照着某种她自己也无法解释的东方哲学，但过往以此作为标准去判断她的客户，大致上是没有出过错的。

如果这个经验是成立的，那叶知真的内心难道真是如此荒芜吗？楚格看向叶知真——她面容平静，双眼深不见底。

"我必须坦白地说，"楚格迟疑了一小会儿，还是说了实话，"我认为你家实在没有全部砸了重装的必要。如果你想做一些局部的改造翻新，我可以再给你出个简单的方案，换一些家私和软装，成本上能节省很多。"

叶知真像是没听见楚格说话，她一直站在朝北的阳台上，用一种疏离的姿态细细打量着屋子：干净、整洁，这是每月一次的家政打扫的功劳。所有的东西看上去都很新，是因为几乎都没怎么使用过。

"没关系，都决定了的事，按原计划做吧。"她对楚格说，同时也是对自己说。

楚格在各个房间测量时，知真去了厨房，打开抽烟机，在巨大的噪声中她从手袋的夹层里摸出半包女士烟和打火机，抽出一根来，把过滤嘴上的爆珠捏碎，点上，吸了两口，轻轻将烟灰弹在水槽里。她平时很少碰烟，只有心情特别郁闷的时候会来一支，这半包烟都不记得在包里放了多久，明显已经潮了。

她并不在乎烟的口感怎么样，只是想做点儿什么事来掩饰自己，稳住情绪。刚刚楚格的话她不是没听见，恰恰相反，那一瞬间她被楚格言语之中的惋惜刺疼了，虽然只是一闪而过，很轻微，可是不舍的情绪还是从四面八方向她涌来。

思考要耐心缓慢，做决定要果断——叶知真一直是这样行事的，一支烟的时间过后，她恢复了镇定。

楚格抱着平板倚靠着厨房门，做个了"OK"的手势，表示已经完事了。叶知真把烟头用水浇灭，扔在脚边的垃圾桶里。

"我太饿了，陪我去吃点儿东西吧。"她说。

这个时间点，知真常去的餐馆都已经打烊，最后还是楚格提到个小馆子，就在她回家的路上，有很好吃的酸辣粉、串串和冰粉。

大概是因为太晚了，店里没有客人。服务员是个非常年轻的男生，让人疑心是否还是未成年人，他脸上长着青春痘，坐在进门的位子上玩手机游戏，一时停不下来，头都没抬一下。楚格用眼神向知真示意，桌子上有点餐的二维码，自己扫就是了。

"还好这些小店不做服务号，不然还得先关注才能下单。"楚格撇了撇嘴，语气里充满了戏谑。

知真微微一笑，没有接话。

她们坐了一会儿，酸辣粉和各种蔬菜串串很快端上了桌，楚格没有客气，立刻掰开筷子大口吃了起来。

知真吃了两口，比她估计的要辣，赶快又扫码下单了一瓶冰可乐。

她暗暗吃惊，明明自己以前也很爱吃这些重口味的、刺激味觉的食物，真是意想不到，时间长了，连吃辣的能力竟然也会退化。服务员送可乐过来时表情很不友好，带着毫不掩饰的厌烦，她只好抱歉地连声说"不好意思"。

"苏迟跟你说过我为什么要重装房子吗？"知真小声问。

楚格摇摇头，她已经吃完了，放下筷子，嘴唇辣得有点儿肿："他只说了你是他好朋友，正好我现在又无业，就……"她耸了耸肩，口吻里有点儿自我讽刺。

"哈，苏迟这点比我好，他不会把朋友的私事当谈资。"

又安静了一会儿。

知真的眼神里下了某种决心，像撕开创可贴查看伤口愈合程度似的，她用只有她们自己能听见的声音缓缓地说："那之前是我的婚房，里面的一切都是我和那个人一起操办添置的。沙发没现货，等了两个月才到。床垫一开始买错了尺寸，还经历了退换。地板的颜色、墙漆的颜色、窗帘的花色，他都没有意见，只要我喜欢就行。浴缸和衣帽间也是我拿的主意……"

尽管已经过去那么久了，当时的一切情景依然历历在目，她平时不说，不想，但这并不意味着她忘了，反而因为那个巨大的物证一直没有被妥善处理，而使得那些细碎的生活都被完整地尘封在时间筑就的琥珀里。

"分开时，我受了很大的打击，因此没法继续住在那里，就搬去和我妈住了快两年。说起来也要谢谢苏迟和你，如果没有这个契机，我也不知道还要拖多久。"

楚格完全不知道自己此刻该做什么反应才是恰当的，她思索着是不是该说点儿什么，但她张了张嘴却没发出声音，这个表情让她看上去显得有点儿傻。虽然她之前从种种反常的线索

第一部：

晚萩死了。

这是我长这么大第一次面临同辈之死亡。以前参加过长辈的追悼会，但那种悲凉总是不同的，好像只是单纯的悲哀，想到世上从此没有这位长辈，再而也见不到了，每年去扫墓，看到墓碑上的照片，反而以可见的平静化。

但晚萩死的了，更让那种伤痛来得绵密，也更突然得多。因为太近了，仿佛死的就是自己。

最同体会了这种痛，她们难过总是隔靴搔痒。

受性格企图和满足的支使着：你你每天是否已经尽力过足够事
满足感包括感受，— 楚楚才意识到自己有的话有些伤人，她以为别人不在乎这个，没有年纪的焦虑。

房租的压力很快来到。还想她足需要更多时间审视内心，抚平晚萩逝世带来的伤痛，但现实已经不允许了。

悲伤和快乐都是生活余给的人才能享受的商等价品。排挤两人只剩下拥有

一种情绪就是焦虑

从固定时间给薪变成不稳定假期的工作。楚楚才知道自己两份了两份工作，

一个是她的秘密，二是她的兼职。

和晚萩吃饭不再搭着 AA，回家的路上异常沉默。

"怎么回事？" "太累了，你怎么会懂！"

"我看们姐妹们一直都很重感，再要不停给你们IR下。互惠互利，说什么客气话"。

楚格想起她少年时代看过的那些电视剧。无论干什么职业，下了班还可以和女友去 happy 一下，喝杯东西，喝喝歌，哪怕有什么郁闷的，只是坐在一起聊聊天，那是她们的成人世界。

打打球   有误会也一定能解释清楚。

但长大后她发现完全不是这么回事。同事之间尽洋溢找台深，有时还会抢客户。巧谈中只谈也交不到真心朋友，大家奔八卦，流言并不比任何地方少。同一个公司也有定阶的，也有整天吵闹的，也有互相看不顺眼的，也有是非的。总之又是楚格少时憧憬的成人世界，没有她想象中的自由，更没有她以为的公平。

晓茨比她小半岁，但天生一张小孩脸，看上去比实际年龄要小个三四两岁。她是单亲家庭，父亲在她很小的时候就意外去世，母亲没有再结婚。

"你们知道单身女性独自抚养大一个孩子有多难吗？多辛苦吗？" 有次她生日，大家喝小酒，晓茨突然说，我从来不过生日，过到的那点钱，我不想花，我妈妈挣的每一块钱都让我有负罪感，我不考研了。我要工作，挣钱，买房子结好婚。

都会实现的，都会过去的。楚格不知道她是在安慰晓茨，还是安慰自己。

晓茨早早去上班了，留了自己煮的西红柿蛋和绿豆汤，你桌上坐着，碗柜里有白糖。楚格接了抹切筒，还有点微凉。她用勺子捞些一个西红柿吃，耳边仿佛隐约听见晓茨的声音从隔壁回荡传来：鸡蛋最好吃了。

下午的车。楚格一看起有时间，便去附近的超市采了些肉类和水果回来放进冰箱。又帮晓茨把床品换了，所有的衣物丢进洗衣机，晒出去。她觉得这些日子好像刚刚的（晓茨的话，绿良好，简直很闷情。）她时间对于她来说有点丢得过份了，一直绷着的皮突然松弛下来，她想到寂寞和惆怅，一下子不知道要如何打发这些多余的部份。

那是下午三点的车厢，内容起的人在睡觉，列车驶过村在和田地，还有一片接一片的油菜花田。

原来那一天是苏也父亲的忌日。父亲曾经很想有一块像样的表，但苏也真正送给他，他却总是拒绝。父亲又爱吃糯米的粽子食物，可苏他自己也不吃。

关于父亲的回忆越来越少，越来越淡。逝去的年是没有重来的机会，而是就算有机会重来，他也做不到更多。

父亲一直想看到他结婚生子，但他没有遇上他，哥哥完成了这个任务，从而成全了他的罪恶感。小时候和父亲一起回老家，游泳，哥哥学得很快，而他却怎么也学不会游泳。父亲用锐眼神里的失望是冰凉的鞭子抽在他的心里上。高中毕业的那个暑假一

高中毕业的暑假他整个泡在部游泳游泳里，终于学会游泳，但他从没真正喜欢过。

苏也 在楚格身上看到那种脆弱感和才刚性，是苏也许说来看清自己有的地方。

问意次列一直在说自己的事，礼貌性的问楚格，你会游泳吗？

"不会"。苏也又补充一句：我什么运动也不会，

"那你喜欢什么？" 苏也看着天空。

楚格想了想："我起来躺着，什么也不想。" （我这很久没有的人躺着床一样）。
"我也是一种天真。" "不真本身也就是无味的！" 听联系方式吧，有空一起喝奶茶
喝完咖啡他们更命平了。对于楚格来说这只是寻常的一天，与苏也的约会一如果可以称为约会的话一还不如辞歌来得对生活影响大。她起第二天早晨的闹钟响的更早，但睁开眼的瞬间她就带醒了一我今天不用去公司了。

你确定的说，她以后都不用去公司了。

恢复自由后，楚格跟着苏也混了一段月子。他跟随于苏也的朋友之多，一个星期下来几乎两几乎没有一个不重样。而楚格回想了一下自己的社交圈子，除了前同事，就只有苏也。

她决定去邻价看看晚霞。周末，联换住租的房子小小的，像她这个人一样，有几样二手家具，冰箱也是很古的款式。从冷冻室里拿马起很费动，楚格看到 晚换整 很有性 蹲在地上整个人几乎即使她全屋的力也也划拉不开，好半用店的样子。心里很难受。

可她也帮不了什么，反而心思境更加糟。

注明了新闻工作室，然后留了所在地址。前述没有机会介绍朋友来捧场。

本以为也只是一句托词，过了几天，真的有位女士通过慕迟的名片，分享加了越格。

"我是叶知夏"。

——

慕在熟悉的咖啡馆，越格见到了知夏。

知夏黑色直发，穿灰色西装，又涂了粉底和豆沙色的唇膏，抱一只能装下笔记本电脑的手包，她眼神干练和冷淡。

"我发给你的两份文件你不看了吗"，越格问。

那是《用户生活习惯设计需求调查》和《设计需求梳理报告》

知夏慢慢喝思咖啡，吃三明治，聊天间隙手机一直很安静没响过。这个年纪的女性在意的好贵西，

一定是比年轻男性生命中更重要的东西。

"我可以看你们的作品集吗？"在咖啡端上来，正准备叫车的越格恩然悟住，取出。

呼~一叶知夏的呼吸只在越格笑着看看。

"我喜欢你们的风格，清爽，冷冽，没有太多生活的痕迹，而网站上又充满了你个人的风格。这样吧，你们如果有空，可以过来我坊看看"

中有过一些猜测，但事实上，她根本没打算探听别人的隐私，面对知真突然的坦陈，她也根本没有做好准备。

"已经过了很久了，你不需要安慰我。"知真莞尔一笑，眼睛湿漉漉的，又深又亮。

楚格想分辩一下"我没有想安慰"，但她马上明白了，在通常情况下，这个时候客套的安慰是最优解法。

"你刚才说你受到的打击很大？"楚格厘清了思绪，"很难想象你会因为男人伤心，你看上去那么……坚毅？"她不知道这个词是否足够准确，但她知道这样说话很欠妥，既愚蠢又武断，虽然这确实是她的心里话。

"不是为了男人伤心，我想想怎么说……我们是高中同学，后来一起留学，一起回国，双方父母很早就认识，我们有共同的老师、同学和朋友，双方的人际关系网络基本是重合的。你无法相信和你的前半生紧密交织在一起的那个人，你自己确信无所不知的那个人，突然有天你发现自己根本不了解他，他变成了一个陌生人。"

知真神情游离，目光恍惚，声音越来越轻，流露出了与她平日形象极不相称的易碎感。她的身后是装潢简陋的小吃店和边打游戏边骂骂咧咧的年轻服务员，这个背景与她倾吐的感受形成了戏剧般的强烈对比。

"不要说另一个人，就算是自己，昨天的我也未必理解今天的我。"楚格发自肺腑地说。

"你说得很对，我花了一些时间，但最后还是想明白了。我误以为自己对他无所不知，这种想法本身就很愚蠢，也很傲慢。"

知真歪了歪头，当她回正面孔时，又是平常的她了。

楚格想，也许我们都太相信直觉，但只有时间才能证明很多东西。

楚格是快要到家时才鼓起勇气谈苏迟的。

"你之前问我是不是在和苏迟交往，你的意思是不是指恋爱关系？"

叶知真被这句欲盖弥彰的开场白逗笑了，她早就洞悉了楚格的心思，既想多知道一点儿苏迟的事，可又不好意思打探得太直白，于是她善意地圆了场："是呀，我就是这个意思。"

"那你觉得我和他有没有可能？"楚格小心翼翼地问完，不自觉地咬紧了牙齿。

"我不知道，楚格，"车在红灯前停下，知真凝望前方，她不想说出一些不负责任的鼓励或是敷衍应对，"这取决于你的感受、你的直觉，因为我们眼里的苏迟未必是同一个人。"

楚格沉默了，四十五秒后，红灯变绿，车子继续往前开。

"那他以前的恋情，以前的女友，你知道吗？"

"不能说是知道吧，应该说是全程旁观。实际上我是先认识喻子，后来才认识苏迟的，那时候他们在一起很久了。曾经有段时间喻子和我很要好，大概就是像你这么大的时候。我们一起逛街，看电影和展览，喝酒，短途旅行什么的，就是年轻女孩们爱好的那些事。"

"后来呢？"

"没有什么后来呀，他们分手之后，喻子跟我们所有人都切断了联系，彻底退出了共同的朋友圈子，这是她主动的选择。"

楚格还想继续问点儿什么，但这时车停下，她到家了。

[2]

那晚之后，知真将入户门的密码发给了楚格，以防复尺时自己没空同去。楚格窝在家里，专心致志，很快就做出了两个方案发给知真，这可比她过去在公司时效率高得多。

可是知真收到后迟迟没有回应，楚格有些不安地猜测，是不满意吗？是局部不满意还是整体都不满意呢？

等到了第三天，她终于忍不住给知真发了一条消息："知真，方案我可以再改的，你有什么想法都可以直接说。"

在忐忑的等待中，楚格喝光了一瓶 1.5 升的乌龙茶，正想回床上躺一会儿，这时手机在工作桌上疯狂地振动起来，寂静的家中突然响起噪声，把她吓了一跳。

"楚格，真的不好意思，这几天我事情太多了，通个电话长话短说吧。两个方案我都看过了，都可以，只是储物空间不需要那么多……如果一定要选一个的话就选 A 吧。周六我会去物业办好相关的手续，之后的事情就全权委托你啦。"

知真语速非常快，像要一次性交代所有问题似的，以至于楚格都没有找到插话的机会。

"这样可以吗，楚格，你有什么要补充的吗？"

"呃……没有。"

挂断电话之后楚格恨不得咬掉舌头，其实她应该告诉知真：按照惯例，一旦定了方案，客户应当支付至少 50% 的订金。以前在公司做时，只要草图出来就视为合作意向达成，默认收取全额费用，但好就好在这些事情自有专门的同事负责沟通对接，设计师是不用管的。

可现在情况不同了，她一个人要做所有的事，要串联起所有的环节，可是最重要的那一环她又怯于讨论、争取。她像这个时代大多数的年轻人一样，需要钱，却又不知道该如何正确而得体地表达这个需要。

叶知真绝不是那种不好打交道、挑剔悭吝的人，她只是疏忽了，楚格非常清楚这一点。但知真在电话里的语气那样匆忙急促，楚格实在不好意思开口谈钱。

这次就先这样吧，楚格黯然了片刻，又给自己打气，经验总是慢慢累积的！

她撇开了那股自责，给熟悉的工长打了个电话，尽量用一种意气风发的语调说："孙师傅，在忙吗？我有点儿事要跟你说。"

周六的下午，知真在物业处办好了装修手续，在一堆文件上签了字，交了押金，这时她突然反应过来，自己该付钱给楚格的。

"你脸皮也太薄了，这有什么难开口的，要是我没想起来，你是打算一直不找我要？"在知真眼里，楚格的青涩简直有点儿荒唐。

楚格被数落得讪讪的："你又不会赖，早一点儿晚一点儿的区别而已。"

"不是这个问题，"知真叹了口气，"你出来做事就要有个做事的样子呀，对别人好，也要对自己好，大家都遵照规则，事情才能持续运转下去。"

楚格脸上那一点儿浅浅的失落被知真看在眼里，她没再继续啰唆，向楚格要了收款账号，当面把款转了过去。

"我待会儿有事，就不陪你吃饭了，要不要我叫苏迟来接你？"知真有点儿抱歉刚才自己太说教了，现在只想做出些许弥补，哪怕是很小的事，只要能让楚格开心一点儿就好。

可楚格像是受了意外惊吓似的，整个人往后弹了一步，慌忙说："不用不用，我又不是小孩，不用时刻有个监护人陪着，你去忙，我自己会安排的。"

她急于拒绝的样子揭示出某种心虚，知真了然地笑了笑，也许楚格以为自己藏得很好，但谁都看得出她其实非常在意苏迟。

和知真分开之后，楚格被一种强烈的失落感攫取了。她在小区门口站了一会儿，目睹着一辆冰川蓝的帕拉梅拉缓缓开进车库的入口。真有意思，楚格自嘲地想，虽然我一点儿也不懂车，连驾照都没考过，可我也看得出那是辆很贵的车。

周末不能施工，她原本计划带知真去建材市场或者家居城随便转转，看看之后软装需要的东西，在这个过程中也能进一步了解知真的审美和喜好。但知真这一走，她突然就多出了大片不知道该如何消磨的时间。

她无法确切地想起上班的那几年自己究竟是怎么度过工作之余的闲暇时间。没有恋爱，也没有丰富的社交活动，偶尔跟桑田吃吃饭，逛逛商店，剪个头发，回家看看父母或是去探望晓茨，最多的时间是宅在屋子里叫个外卖，重温几部老电影、老剧集。

心血来潮的时候也有，去超市买些食材，兴致勃勃地想做顿丰盛的住家饭，可是每次都控制不好量，往往买的要比实际需要的多得多。肉类可以冷冻起来慢慢吃，但蔬菜保存期短，即便在冰箱里也过不了几天就蔫儿了，最后无一例外只能扔掉。每次发生这种事她都会在心里狠狠骂自己浪费食物，也浪费钱，被自责啃噬，发誓下次再也不这样了，可下一次还是会犯同样的错误。

除此之外呢，好像就没有别的事情了，回想起来她只感到了一种铺天盖地的空白。

在这样的沮丧中，她打开手机，百无聊赖地刷了一下朋友圈，看到桑田在一小时前发的照片，拍的是行人和街景，色彩鲜亮，有股喷薄的生命力，冲破了她脑中的空白。

"你在哪儿，我来找你。"楚格在对话框里飞快地打出这行字。

"还有别人哦，你不介意吧？"桑田回的是语音消息，语气不像她平时那么干脆。

楚格没有听出弦外之音，也没有察觉到异常，反正桑田一贯喜欢热闹，喜欢呼朋唤友，她又不是没和那些人一起玩过。

对于楚格来说，那些嘈杂和喧闹，那些真实的有温度的东西正是她此时此刻最需要的。

她按照桑田给的地址打了辆车过去，距离五公里，著名的时尚街区。平日里就人潮如织，整个城市的小资青年、时尚人士都爱扎堆在那里，他们好像永远不需要工作却有花不完的钱，无所事事却又生机盎然。

楚格可以想象到周末时这里的场景，那会是怎样的喧闹和拥挤，也许买杯最普通的咖啡都要排上半小时的队——楚格光是想想那个情形就已经感到害怕。

若非她现在心间激荡着一种被全世界抛弃了的颓丧的情绪，她是绝对不会去那里的。她好像生平第一次认清了自己的软弱和缺陷，意识到一个冰冷的事实：一个现代人，无论再怎么抗拒社会，再怎么想要远离它，终究还是被社会驯化的动物。

[3]

楚格花了十多分钟才找到那家糖水店，门脸很小，非常典型的广式招牌上写着：春记。

她前些天偶然在 APP 上看到过这家店门庭若市的盛况，那些帖子的文案极尽夸张，堆满了溢美之词，个个都说自己排了整整两小时的队才排上，并附上了九张美美的图片。

店内面积不大，楚格扫了两眼便判断出，不会超过六十平方米。简易的木质桌椅紧密地挨着，这桌和那桌之间没有分明的区隔，人声嘈杂，猛一看就像是古早的武侠剧里的武林大会。

桑田从一群人头后面冒出来，朝门口的楚格挥挥手："这里！"

楚格艰难地把自己挤进那个空余的位子，背后传来一声不满的嘟囔，像是嫌弃她占据了本就狭窄的这点儿空间，她忍住了没有回击。

桑田把单子推到楚格面前："看看吃什么？"

此时楚格已经有点儿后悔自己贸然跑过来打扰，她没料到眼前的景象竟然比上次在知真家小区门口更令她无所适从。她在招牌甜品上随便指了一个，桑田点点头，叫服务员过来加单。

直到这时，楚格才正眼打量坐在桑田身边的男生。白净斯文，神情有些腼腆，戴一副无框眼镜，像是那种 100 分数学试卷能拿到 98 分的样子。穿着简朴，松柏色的圆领 T 恤和同色系的外套，休闲长裤，一直保持着礼貌而局促的微笑。

楚格也下意识地回以一个同样生疏的笑容，顺便将目光投向桑田，用眼神询问：这位是谁？

"噢，这是宋书寒。这就是楚格啦，我常和你说的。"桑田漫不经心地给他们互相介绍。

桑田的样子让楚格怀疑自己是否失忆了，还是记错人了。

上次一起玩的时候，和桑田在一起的明明不是这个人呀。

尽管心里有些疑惑，但楚格还是很好地控制了表情，朝对方打了个招呼："你好。"

接下来是一阵略显尴尬地没话找话，桑田说了些自己的近况，前阵子她所在的工作室人员结构有些变动，因此她也分到了一点儿股份之类的……楚格没太认真听，她还蒙着，搞不清楚眼前的状况。直到服务员把糖水送过来，气氛才和缓了些。

桑田问了几句楚格的工作进展，经济上有没有压力，需要帮忙的话别太客气。见楚格摇头，又转头向宋书寒解释原委："她离职出来自己干了，也算是创业吧，有客户帮忙介绍下。"

不知怎的，楚格从脸颊到耳后燃起一片羞耻的绯红，窘迫得不知如何应对。她头一回发觉桑田是如此不体谅她的处境，尽管桑田完全是出于善意。

"噢，没问题呀，正好前段时间听几个同事说想买房，明天上班我问问他们。"宋书寒傻呵呵地笑着说，"我不太了解这个行业，一般是怎么收费的？"

楚格放下手中的勺子，应付地笑了笑。她没有接话，眼神也是冷的。楚格觉得自己虽然不擅交际，但还不至于蠢到听不出人家是几句托词。

桑田轻轻推了宋书寒一下，用他的勺子尝了一口他面前的椰奶冻。这个动作十分亲昵，楚格立刻就联想到了之前她告诉桑田说自己爱上了一个人，而桑田问她"你们睡过了吗"，显然桑田和宋书寒远比她和苏迟要亲近得多。

"说真的，他在一家科技公司，他们同事收入都很高，"桑田说出那家公司的名字，的确是行业新贵，以薪资丰厚和加班时间长而著名，信息闭塞如楚格也略有耳闻，"钱多，又没时间花，银行最爱贷款给这些人买房子了。"桑田说完，花枝乱颤般笑起来。

在楚格看来，这蹩脚的玩笑并没有什么好笑的，她不禁觉得今天的桑田和平时不太一样，既鲁莽，又有些许做作。

宋书寒附和着笑了两声，一副迫不及待想取悦女友的样子，在楚格眼里这人显得更傻了。但就在下一秒，楚格便意识到这是自己的偏见在作祟，太刻薄了，对方明明是很友好的，再说人家也没有什么地方得罪你。

她朝四周望了望，问桑田："洗手间在哪里？"

"店里没有，你得去商场那边。出门右转。"桑田指了路，很明显她不是第一次来了。

女士洗手间正在大排长队，楚格原本也只是想找个理由暂时离开一下那对热恋中的情侣，看到这情形，一阵焦灼难耐又爬上心头，她果断地转身就走。

当她再次站在"春记"门口向里面望去，一眼就看到了桑田和宋书寒在亲吻，一副旁若无人的样子，楚格知道自己无法再回到那张小桌台了。就在她打算悄悄撤退的时候，桑田抬起头来看到了她，四目相对的那一刻，她们都愣了一下，仿佛看穿了对方的想法。

"等一下，楚格，换个地方吧。"桑田若无其事地一面招呼着，一面催宋书寒去结账。

她俩在店门口短暂地沉默了一会儿，这是从来没有发生过的情况。楚格心里酸酸的，仿佛看到一种无法描述的东西横亘在彼此之间，可她也不清楚这是怎么造成的。

楚格假咳了两声，清了清喉咙，装作毫不在意地问："新认识的吗？"

"也不算新了吧，之前就认识，那时候不熟……"桑田轻轻踢了一下脚边的一颗小石子，貌似不太想聊自己的事，而是将关注的点放在了楚格身上，她像是突然想起来似的，"你现在什么状况啊，和那个人有进展吗？"

楚格此时最不想提的就是自己那棘手的感情问题，桑田的话无疑让她更烦躁了，甚至有点儿阴郁地揣测起桑田的动机——不就是交了新男友，你在得意什么啊？

她们沉默地对视了一眼，楚格面无表情，桑田眼底闪过一丝诧异，空气似乎变得有些滞重，好在宋书寒适时走出来打破了僵局。

他笑容明朗，热情地问两个女生："你们商量好去哪里了吗？要不要待会儿去找个地方一起吃晚饭，再看个电影？"

平心而论，他不是个难相处的人，楚格并不讨厌他，恰恰相反，他阳光得让人有些招架不住。

问题出在楚格自己这里。她对眼前这个滑稽的局面已经耐心全无，一分钟都不能多停留了。她干脆地摇了摇头："你们去吧，我得回去干点儿活儿，下次有机会再和你们吃饭吧。"

她一边说着言不由衷的客套话，一边往外走，没有给那两个人挽留的机会。她在转身的时候彻底意识到自己今天来找桑田的决定真是糟糕透了，太愚蠢了，为什么不能克服那一时的孤独感呢，既给别人带来困扰，又自讨没趣。

最亲密的友谊，往往也会成为最直观的参照，这种对比极其残酷无情。听到桑田在工作上的成绩，看到她的新恋情，楚格不是不为她开心，但故作积极的情绪对抗不了自惭形秽的失落。再好的朋友之间也会有嫉妒，可没人能坦诚直面自己内心最深处的阴暗。

桑田的欢喜，恰恰映照出了她的狼狈，在别人的丰盛里窥见了自己的贫瘠，这是她无法站在他们旁边的原因。

同一天中，她再一次独自站在路边望向天空，暮色如柔纱般笼罩着城市的每一条街道，所有的建筑仿佛都被包裹上了一层柔光。光亮渐渐消退，一张张行人的面孔隐没在社会机器的轰鸣声中，她感到云翳的余影轻轻落在自己的睫毛上。

[4]

随着知真家工事的开展，楚格很快就回到了从前忙碌时那种焦灼的状态。

虽然知真明确说过房子里的东西可以一样都不留，但楚格还是坚持列了一个详细的清单给她过目。知真拗不过楚格这种偏执的善意，便体谅似的随便圈出了几件，表示如果没有更好的选择，这些可以保留。

在这之后，楚格迅速找来一位熟悉的回收二手家具的师傅，又联系上一位收电器的师傅，她把他们约在同一天上门，快刀斩乱麻地处理掉了那些旧家私。又花了两天时间，把其他的小家电和各种易碎品摆件、书籍、装饰画分门别类打包装进纸箱，让合作了很多年的一位司机帮忙拉去了迷你仓仓库。

知真家所有的旧物品中，楚格最喜欢书房那只飞船造型的吊灯。她曾陪着一位客户在一家中古家具店看到过同样的款式：轻简的乳白色，冰凉而有质感的铁片材质。店主介绍说这只灯来自北欧，产于二十世纪七十年代。听到价格之后，那位客户半开玩笑地说："能买两三个吸顶灯了。"楚格虽然感到有点儿遗憾，但也没有多嘴。

这次在知真的书房里看到同款，对她来说，也算是一个小小的惊喜。

做完这些事情，楚格口干舌燥，一仰头灌下了一整瓶矿泉水，瘫坐在地板上迟迟回不过神来。但还不能完全松懈呢，她强行振作起来，又理了一遍细碎的账目：旧家电换来的钱，差不多能抵四五个月的仓库租金和押金。盯得紧一点儿，催着赶着，应该能在四月左右结束，想到这里，楚格终于长舒了一口气。

知真并没有提出严格的时间限制，她财务状况良好，住在母亲家里，没有房租负担，其实对装修工程的进度一点儿也不着急。那些零散的进账出账、物品如何处置如何安放，她丝毫没有过问，这些额外的事情都是楚格心甘情愿帮忙做的。

整个家里彻底清空的那天，知真特意休了半天假，过来里里外外看了一遍，又笑着跟工长寒暄了几句，说了些"麻烦了辛苦了拜托了"之类的客气话，末了才转向楚格，问："今天这里没你什么事儿了吧？"

楚格不明所以地看着知真："等师傅们开始拆我就走，怎么了？"

"一起走吧，我叫了苏迟吃午饭。"知真说。

今天？楚格瞪大眼睛，难以置信，她从上往下看了看自己的穿着——出门时随便套了一件驼色的卫衣，卫衣外边是很久没洗的摇粒绒外套，方便随时往地上一坐的脏兮兮的牛仔裤。头发昨晚倒是洗了，但也只是用大夹子胡乱夹在脑后。背着一只旧双肩包，装着平板电脑和几个充电器。这是泡在工地的俞楚格，她从没预备过用这副面目去见苏迟。

她闭上眼，心里一声叹息，不知该怎么回绝，又舍不得回绝："我这个样子，不合适吧……"

知真挑了挑眉，半开玩笑半认真地驳斥道："什么样子？你青春洋溢，我看应该自惭形秽的是苏迟。"

楚格脸微微一红，心一横："那走吧。"

他们约在一家意大利餐厅，知真把车停在餐厅路边，让楚格先进去，她自己去找停车位。楚格慌张极了，像第一天入学的小孩似的哀求着："我陪你去停车吧，我跟你一起吧。"

知真瞪了她一眼，没出声，楚格的扭捏令她感到费解，她不明白楚格平时那股利落的劲头哪里去了。不就是见苏迟嘛，他不至于这么魅力非凡吧？

楚格被瞪得有点儿害怕，老老实实背着包下了车。

"去吧，帮我点一份塔布勒沙拉和青口意面。"知真柔声说，话语中隐含着一点儿鼓励的意味。

午餐时间的客人不多，楚格几乎是一进门就看见了苏迟。他坐在靠窗的一张桌台边，穿着一件印度蓝的衬衫，旁边的椅子上放着一件深灰的外套，正低着头在翻阅餐厅的杂志。公平地讲，苏迟的长相不算格外出众，离传统意义上的英俊有点儿距离，但他眉目疏朗，气质又有种雪刃一般的锋利，令人印象深刻。

　　楚格的喉咙不自觉地吞咽了一下，像是吞咽掉自己的胆怯、紧张和突如其来的悲伤。

　　一位穿着整洁的黑色工装的服务员走过来，小声问楚格："请问您是否预约过？"

　　她动作幅度很小地指了指苏迟的方向，用同样的音量说："我朋友在那边。"

　　这不过是他们第三次见面，中间间隔的时间也不算短。楚格坐下的时候忽然意识到这件事。

　　她独处时也曾想搞清楚，为什么苏迟对她会有着无可抗拒的吸引力，而她又是为什么会对他产生无法解释的、近乎盲目的信任和亲近感，直到苏迟活生生地坐在她面前，她还是不明白。

　　心里有团火，烧得她口干舌燥，好像就连最基本的，平静地和他打个招呼、问声好，都很难自然地完成。如果不是身上这件宽松的卫衣，她要如何掩盖住那该死的战栗。

"知真去找地方停车了，她让我先来，帮她点什么沙拉和什么意面。"楚格根本没记住那两道名称拗口的食物，她结结巴巴地说着话，同时用目光在菜单上搜寻着关键字。

"是塔布勒沙拉和青口奶油意面，"苏迟替她填上了空，"她每次都点这两样。你呢，吃什么？"

"我跟她要一样的就好。"楚格讪讪地说。

"干吗跟她要一样的，你又不是真的想吃。"苏迟顿了顿，他才发现楚格一直低着头，好像在尽量避免和他有眼神交流，"我帮你点吧，奶炖鳕鱼和蘑菇烩饭都很不错，你随便挑一个，甜品就要马斯卡彭奶酪提拉米苏。"

楚格点点头，如释重负地合上了菜单。

知真来之前，他们没怎么说话。苏迟单手撑着脸，目不转睛地盯着楚格，另一只手的手指在桌沿无声地敲击着，他有点儿意外楚格突然变得这么腼腆。他尝试着找了几个话题，希望能瓦解掉这层隔膜，但楚格都只是心不在焉地应付着，最终他的那些努力都轻飘飘地落在了地上。

"你怎么和我这么疏远？"苏迟大惑不解。

楚格浑身一颤，整颗心像被子弹洞穿。她猛地抬起头来，挺直了脊背，澄净的眼眸里盛满了无法遮蔽的热烈与渴望，她说不出话，只能在心里狠狠骂了苏迟一句。

苏迟毫无准备地撞上了楚格欲言又止的神情，这瞬间他心下一片雪亮——她的古怪、别扭、倔强和患得患失，她湿润的表情里有了一切答案的呈现。他不自觉地向后一仰，微微眯了眯眼睛，这一瞬间他也不知如何才好。

万幸的是，这个时候，知真到了。

很久以后，楚格试图从她和苏迟的感情中得出一个结论，她问自己如果不是以爱情的形式产生联结，那她最希望能以哪种身份和他保持一种稳定而长久的关系。最后，她想，毫无疑问是知真那个身份。

知真和苏迟的交情是很坦荡清白的，别人看来只觉得他们是老友，而不会首先想到这是一对异性，他们之间的关系有种剥离了性别属性的牢固。

这天的餐桌上，楚格是一个彻底的旁观者，听着他们聊天，让她想起小时候跟妈妈去喝喜酒的情形。圆桌旁围坐着她不熟悉的大人们，七嘴八舌地说着一些小孩子无法参与的人情和是非，她只管低着头吃面前的食物，恰如此时此刻。

知真说起她和苏迟共同的朋友，谁谁谁的哪个项目赚了，哪个又亏了；谁谁拖了这么久还是离了，太太带着孩子出国了；谁谁谁旧疾复发，现在全靠特效药吊着一条命，怎么会呢？当初病灶不是都切干净了吗……都是些楚格不认识的人、不了解的事，她隐约地察觉到，那是一个自己不感兴趣也难以融入的世界，那些悲欢离合都离她太远了，因此一顿饭的大多数时间里，她都在默默地对付着自己的烩饭。

等到主食都吃完后，服务员轻巧地将杯盘撤下，端上来甜品。

知真要了一杯生姜苹果汁，橙黄色看上去非常健康，而苏迟和楚格都点了冰咖啡。

"我只休了半天，待会儿要回公司，苏迟你下午要没事的话就陪楚格去玩玩吧，大树美术馆有个欧洲艺术展，过几天就结束了，你们可以抓紧时间去看看。"知真看了下手表，午休时间快结束了。她注意到楚格一直没怎么说话，苏迟也不太主动，她觉得自己似乎应该帮忙推他们一把。

"行啊，我没事儿。"苏迟还不至于笨得领会不到知真的意图，但还是得装装样子问问楚格的意思，"你有空吗？"

"哎呀，她能有什么事啊，啰里吧唆的。"知真面色愠怒，翻了个白眼，把果汁喝完。她站起来的同时把手搭在楚格肩上，用力地捏了捏，又对苏迟说："你结账啊。"

从餐厅走向停车场的这一小段路上，知真心情有点儿复杂。

她欣赏楚格，这女孩有股未凿的纯然，性情直率坦荡，苏迟又是自己知根知底的好友，如果那颗暧昧的种子真能落地生根，她当然乐见其成。可是一段感情真正的走向，往往就连当局者也无法全力掌控，她能为他们做的就更加有限。

爱情的真相绝不是理想化的召唤与回应，而是没有规则说明的对峙和周旋，充满了争夺、角力甚至搏斗，本质上是规模最小的你死我活的"战争"。

就她所观察的情形来看，楚格从一开始就落了下风，她太清澈了，一眼能望到底。也许在某个特定的时期，苏迟会轻易地被这种纯真打动，可他毕竟已经不是彼时的他了。知真不悲哀地想到，就像如今的我，也不会轻易相信几句好听的话、几桩献殷勤的举动。

但无论怎么样，那是他们的人生和他们的故事，叶知真只能在一旁静观其变。

[5]

工作日的大树美术馆里只有寥寥几个游览者。

展览本身的质量其实很不错，有许多名作真品，旁边附有双语介绍。刚开始的时候楚格兴致还很高，会仔细端详每件作品，但馆内实在太大了，她很快就失去了逐一观赏的耐心，只是机械地跟在苏迟身边，像强迫自己必须完成这项任务。

光线昏暗，场地封闭，空旷且安静，他们变换着步调和位置，楚格在恍惚间觉得这好像一场没有观众的默剧。

"你最近有没有想起过我？"走到一处幽暗角落时，楚格缓缓开口问道。

这个问题从在餐厅见到苏迟时就一直盘桓在她的脑中，时间一长，这句话就像有了自主意识，全力冲破了重重顾虑的屏障，从她口中自然而然地蹦了出来。

"经常有啊，"苏迟回答得顺畅自然，语气平稳，"但我以为你最近在忙知真家的事，不好打扰你。"

他们又沿着参观路线走了一会儿，楚格确定自己已经不想再看下去了。

精神上她有种半吊子的朴素的艺术观，认为熏陶和品鉴应该是持久而缓慢的积累，而不是通过这种限时展示，填鸭式的餍足。她非常清楚一件事：今天看过的大多数画作和艺术品，也许确实在某一个瞬间击中了她，造成微小的震撼，但从她走出大树美术馆的那一刻起，这些感触就会被生活的琐碎淹没，不留下任何痕迹。

她在心中问自己，那对美的教育和追求，又有什么意义？

"难道因为生活太现实具体，社会藏污纳垢，所以就得强迫自己对一些非日常的东西感兴趣，装腔作势地对抗人生的平庸吗？"她语含讥诮地说出这番感想，却也并不期待得到什么回应。

苏迟察觉到了她的情绪低潮，可也不知道该如何为她疏解，只能猜想或许是此地的气场诱发了年轻女孩的文艺病，这也好办，只要他们离开这个环境就好了。

"其实我不懂得这些。"苏迟诚实地说。

"我也是啊，真是俗人对俗人。"楚格和他相视一笑，这才真的松弛下来。

可是还能去哪里呢？他们在公园散过步，也一起喝过咖啡，吃过饭，苏迟记得她好像说过自己不喜欢运动，因此运动场馆也不是什么好的选择，而时下年轻人里流行些什么，他们用什么方式消遣娱乐，他一窍不通。

苏迟以前短暂地和两个女生交往过，都是爱操闲心的朋友介绍认识的。在他的印象中，那两个女孩个性迥异，一个明快开朗，落落大方，喜怒都写在脸上，撒娇和发脾气都直说，收到喜欢的礼物会开心得大叫，做事不拖泥带水，分手也分得爽快。另一个要严肃很多，在第一次约会的时候就明确亮出了底牌：如果你没有结婚的计划，只是想"试着接触看看"，我们就不要浪费彼此的时间。

他必须承认，那两个女生其实都是很好相处的人，他不用绞尽脑汁去猜她们想要什么，每句话背后是否隐藏了什么。她们会主动告诉你，她大致能付出什么，而与之相对的是她期望得到什么，至于你有没有，愿不愿意交出来，那是另外一回事。

可是楚格和她们都不同，苏迟每一次想起她都会感到无形的压力，这种压力不来自她本身，而来自她无意识的混沌与明净，她是一个还没有被定型的人。她身上没有一丁点儿攻击性和掠夺性，可是神情里总有几分厌世感，冷漠得极难取悦。她绝口不提自己喜欢什么，讨厌什么，因此你无法确切地知道究竟能做点儿什么让她高兴起来。

他不是没有过类似的经验，喻子的棘手程度，几乎是毁灭性的。

楚格像潮湿的青春期，很多时候不愿给人明示，而喻子却像恶童，她在每件事上都故意误导你——她常常会因为没有安全感而提出分手，但如果你无法识别出这是谎言，她就会即刻陷入崩溃，用最伤人的字眼挖苦你，哭着咒骂你，她操控爱和恨的本事无师自通，她最擅长通过伤害自己的方式来伤害你——虽然经历过那一切，但苏迟还是不得不怀疑，现阶段的自己是否还有能力和精力再应对一场如此剧烈的感情。

他们最后到了美术馆的商店，楚格挑了几张明信片，这是所有商品里最便宜的，也是最没有用处的。

"不要别的吗？马克杯和帆布袋那些应该更实用吧。"苏迟说。

楚格摇了摇头。她想起中学的时候，她和桑田都喜欢收集各种各样的明信片，明明住在同一个地方，在同一所学校，有什么话都可以当面说，可她们却非要把那些少女的情怀和心事，语焉不详地写在明信片上寄给对方。有潜藏在湖水下的暗恋，有共同讨厌的人，她们交换着最透明纯白的秘密，也用从校外学来的社会腔调讲别人坏话……从寄出到对方收到之前的那几天是最焦急又最美妙的，而一旦明信片投递到了对方手中，魔力就消失了。

中学时代过去后，这种小孩子之间的游戏也顺理成章地被她们遗忘了，但是那些写满了隐秘话语的纸片，楚格一直细心地保存在家中的书柜里，和她最喜欢的漫画、小说放在一起，作为尘封的青春的证据。她没有问过桑田是不是也留着那些东西，但她想应该是。

在成年人的世界里跌跌撞撞，挫折失意有过，心灰意冷也有过，小时候以为人生是踏歌而行，后来才明白其实脚下踏着的是利刃和刀锋。每当这时，楚格总会想起那些在木棉树下分享明信片和五花八门的卡通贴纸的时光。

"她是我最好的朋友，我们无话不说，知道彼此所有丢脸的事，就算生理期把对方的床单弄脏了也不会羞愧……或许你不懂对于女孩子来说这意味着什么。好些年前她有次失恋，在我那儿住了一个多月不愿意见别人，每天丧着脸说自己再也不会爱了。我和她说，没关系，等我们老了可以一起去住养老院，如果遇到坏心眼的护工，还能互相照应……"

说起那些陈年往事，又想到那天见到桑田和宋书寒亲昵的样子，楚格浮起一个冷淡的笑。桑田有着源源不断的爱的能力，她善于爱人，更善于爱自己，哪怕到了八十岁她也不会沦落到要和自己一起去住养老院。

从商店出来，他们才知道外面下雨了，空气中夹杂着潮湿的清香和一种肃杀的味道。

苏迟看了看灰色的天空，他已经黔驴技穷，再也想不出其他活动安排，加上这不识趣的天气，送楚格回家似乎成了唯一的选择。

就在下一秒，他听到了难以置信的话，楚格说："我们去你家吧。"

他转过头来看向楚格，没说话可又分明在问"你确定吗"，得到的却是她更坚定的语气："我们去你家吧，你不是一个人住吗？"

楚格的面孔发烫，那团火焰在她胸腔里烧了这么多日夜，终于一发不可收地烧到脸上，她没有察觉到自己一边嘴角以几乎不可见的幅度微微挑起，形成了一种挑衅般的神情。说不清缘由的燥热，她不知道自己是因为苏迟的拖延而迁怒于桑田，还是因为桑田那刺眼的幸福而迁怒于苏迟，总之，她今天一定要把自己从困窘中解救出来。

整个世界好像只剩下雨的声音，片刻后，苏迟的声音从雨幕后传来。

"好啊。"他不动声色地说。

从大树美术馆到苏迟家的路上，他们一句话也没说。虽然楚格完全清楚接下去大概率会发生什么，并且这正是她的目的，可还是不由自主地紧张到牙齿打战，细碎的摩擦声传至耳膜像悲壮的战歌。

苏迟家小区的电梯和她住的那栋大厦的电梯很不一样，过度的宽敞，还有种冷冰冰的干净，每层都要单独刷门禁，四面包的镜子上没有一个指纹、一点儿污垢。楚格垂着头，心像被鞭子抽打的陀螺。她不是轻易自卑的性格，可这一刻还是不可避免地被落差给刺痛了。

事到临头，她有一瞬间后悔自己的大胆和强势，好像是自己胁迫了苏迟似的。而他也看穿了一切——在出电梯的时候，他牵住了她的手。

苏迟家里没有客用拖鞋，楚格只好把鞋子脱在玄关，穿着袜子径直走进屋内。豆包听到陌生人的声音，警觉性顿时提至最高，闪电一般窜到了阳台的窗帘背后躲起来，还不忘藏好尾巴。

"会不会把它吓坏？"楚格有些内疚地问。

苏迟没有回答，而是从身后抱住了她，一时间他们都不敢动弹，仿佛在静默中最后一次试探对方真正的用意。楚格转回身体，将脸埋进了印度蓝的怀抱里轻轻地摩挲着，她又闻到了在公园的那个下午第一次闻到的洁净的香味，她被自己呼出来的气狠狠地灼伤了。

"苏迟啊，苏迟。"她一遍一遍咀嚼着他的名字，眼眶发烫，鼻头酸涩。

这时她已经知道，即使再过许多年，她还是会记得这个下着瓢泼大雨的下午。时间会验证这件事并证明她的预感是对的。

苏迟的床单和枕套都是深蓝色，在雨天的下午五点半的光线中，它成了这个星球上最小的海。他们的衣服杂乱地扔在地上，她的驼色卫衣和牛仔裤、她的发夹、脚腕处绣着粉色小兔子的袜子，他的衬衣和灰色长裤全都搅在一起。

说不清是不想惊吓到豆包，还是不想让豆包打扰他们，苏迟反手将卧室门锁上了。

窗外狂风大作，雨水把窗户玻璃打得噼啪作响，听上去随时会碎裂。他们一时在海面浮沉，一时又潜入深海焚火，所有的感官都被开启，触角无限地蔓延。她的长发是水草，每一处关节都是绚丽的珊瑚，每一个脚趾都像一座遥远的灯塔明明灭灭，每一个细胞都仿佛有了自主的生命，海浪将他们卷入海底又送上浪尖。身体远比语言要诚实上千倍、上万倍，她抚摩着他的后颈，静静地想，人说出来的话会有欺骗性，但皮肤的温度不会骗人。

他轻轻地咬着她肩膀上那块凸起的骨头，她的指甲深深地抠在他背上的皮肤里，恨不得要掐出血来。

轻微的雾气自眼底生起，她感到自己在被剥离、被占据，同时也在拼命地撷取。这是最赤裸直白也最奢侈的抵死相见，是冷淡的青灰色的欲和炽烈的橙红的爱混杂而成的绚烂和迷离的色彩。

自从和苏迟认识以来，这个人带给她的冰雪般的寂寞，都融化在这片海洋里。

"苏迟啊，苏迟。"她吟诵着他的名字，用来替代她真正想说的话。

[6]

三个月的时间在无知无觉之中飞驰而过，对于楚格来说，这是近些年来她最开心的一个季节。困扰她许久的失眠减轻了很多，也不再大量囤积保质期很短的食物污染冰箱，她去楼下那家收费很便宜的理发店把头发剪短了一点儿，穿上毛茸茸的外套和球鞋就能轻而易举地走出家门。她将生活调整到了一种轻松舒适的节奏，达成了某一部分的自我和解，也不再那么抵触外部世界的人和事。

独自在家的夜晚，她会在和晓茨的对话框里打出很长的句子，讲述一些没头没尾的片段，讲那些只对她自己有意义的鸡零狗碎，哪怕她知道晓茨其实没时间看，更没有多余的精力来回复，可是她心里饱胀的热情没有别的抒发途径。

晓茨总是那么安静、善良、温暖，让你愿意卸下防备，不介意向她袒露自己的幼稚和愚笨——楚格极力想要遏制住这句话的后半段——她和桑田不一样。

楚格想象得到，那些喃喃自语似的消息，如果是发给桑田，大概率又要被她用讽刺的语气开些小小的玩笑。桑田那不拘小节的个性大部分时候都让周围的人感到如沐清风，但偶尔，偶尔也会给一些神经敏感的人造成钝痛。

晓茨说："我感觉你好像比以前柔软了。"

次日，楚格醒来看到这句来自深夜的回复，心里轻轻一颤。她知道这种变化从何而来，回想起从前那些寡淡得若有似无的感情，她以为自己平生第一次触及了爱情的真义：爱是一种权利，她只想对苏迟行使。

知真家的工事进展顺利，这几乎是楚格从业以来做得最愉快的一单，不仅是因为知真完全甩手，充分尊重她，从不提些天马行空、无法落地的意见，也不出尔反尔，给予了她最大程度上的信任，还因为在这个工事的过程里，她和苏迟的关系有了实质性的进展。

　　即便是坐在裸露着水泥的地板上，灰尘扑面，此起彼伏的电钻声环绕着她，她脑子也会不受控地闪现出那天下午的情节，生怕遗漏掉一块碎片——但凡少一块，那一天都是不完整的。

　　伴随着室外的暴雨声，他们精疲力竭，枕着同一个枕头沉沉地睡了一会儿。

　　到了晚上，苏迟先醒，见楚格还睡着，便蹑手蹑脚地去主卧的淋浴间洗了澡，换上干爽的家居服。不想吹风机的噪声吵醒楚格，索性就没吹头发，顶着满头的水珠，他拉开主卫的门，却事与愿违地看见楚格已经坐起来，背对着他，蜷缩在皱成一团的被子里。

　　这是他们最难面对的时刻，既不能装作无事发生，也不能马上就对他们的关系展开认真而深刻的讨论。他在门口站了一会儿，思忖着接下来该怎么办，该说些什么。

　　墙上的电子时钟显示着时间，已经是八点十分。大雨还在一意孤行地下着，房间安静得像座孤岛，只能听见外边的风雨声。

"别开大灯，"楚格喉咙发紧，"我该回去了。"

她边说着，边趴在床边艰难地在地上翻找着自己的衣服。苏迟立刻意识到她口是心非，这有赖于以前被喻子折磨的教训，练就了他分辨真话假话的本领。

他试图安抚她的仓皇和错乱，走到窗边坐下，拉着她一只手，轻声讲："还在下雨呢，晚点儿看看情况再说好吗？"

楚格停下了动作，手里抓着的是苏迟的衬衣，她想了想，把衬衣套在身上，至少这样比一直躲在被子里要自然些。

苏迟又说："你饿不饿？我家里没什么吃的，这个天外卖也不好叫。这栋楼里有家私房菜，我和老板很熟，我们可以上去吃。你要是懒得动，我就去打包回来。"

苏迟的妥帖周到，很大程度上缓解了楚格的窘迫，她转过来点点头，立刻又想到屋里太暗了，他未必看得见自己，便补了一句："你买自己想吃的，我蹭着吃两口。"

苏迟出去之后，楚格隔着门模模糊糊听见他和豆包说了几句话，猜想大概是因为家里来了陌生人，小猫害怕，压力陡增，需要抚慰。一想到自己打扰了小猫，顿时有些羞愧。

她反手撑着床沿，借着床头一点昏亮的灯光，将睡房仔仔细细环视一番。这间房明显只供人睡觉用，一张床、一条床尾凳、角落里一个衣帽架，多余的物品一件也没有。再看一眼淋浴间的洗面台，上面摆着一把黑色的电动牙刷和一只茶色玻璃口杯，所有的东西看上去都是冷的。卧室外边连着一个小小的阳台，她怀着一点儿好奇走过去，目光落在窗边的铁质花架上，笑意从眼里流出来。

是那盆久违的鹿角蕨，厚实的叶片依旧翠绿坚挺。

她轻声问："你还好吗？在这里待得满意吗？"

就在这时，另一扇玻璃门后传来一阵响动，吓得她一个激灵。回头一看才知道，原来这个阳台连通着客厅和卧室，那声异响显然是受惊的豆包发出的。

楚格拢了拢头发，隔着玻璃小声地道歉："豆包，打扰你了，真的不好意思。"话音未落，只见窗帘的一角微微抖动，毛茸茸的尾巴尖还露在外面。

她连忙噤声，踮着脚尖顺着原路返回了卧室。

苏迟将打包带回来的食物放在餐桌上，敲了敲卧室门，叫她出去吃饭。

她去过那么多朋友家、客户家，从来没有哪一次像今晚这样局促，右手大拇指的指甲快被啃秃，不敢看苏迟也不敢说话，只想尽量降低自己的存在感。

"你不用这么拘谨，豆包没那么脆弱。我这儿平时不来人，它习惯了这个空间里只有它和我，以后你来得多了，它慢慢熟悉了你的声音和气味就好了。"苏迟看到楚格把他的衬衣穿得像睡衣，袖子长出一截，"这颜色倒是蛮衬你。"

"那我待会儿就穿走了哦。"她故意说。

苏迟没有立刻接话，他从餐台下面的柜子里拿出两个玻璃杯，从制冰机里接了满满的冰块，倒上气泡水给她，然后才说："楚格，在我面前你想说什么就说什么，开不开心都不必掩饰。"

这话听上去没头没脑，真是需要一点儿灵犀才能体悟，楚格咬着下嘴唇静静地看了他一会儿，她听懂了。

他们安静地吃完东西，一起把餐台收拾干净，苏迟把垃圾拿出去扔掉。楚格看了看外面，雨已经小了很多，如果要走，现在就是时候了。

她待在原地迟疑着，却见苏迟从玄关柜的抽屉里取出一样东西。他走过来，把那个小玩意儿放到楚格手中，是一张门禁卡，硬币大小，深红色。

"入户密码是741852，顺着键盘从左至右竖着摁两行就是了，以后你想来就来。"

苏迟的语气平缓，单手撑在餐台上的姿态也很随意，好像把自己的家交出来是那么稀松平常的事，全然不懂得这个行为对楚格象征着什么。

从那晚起，这张门禁就挂在了楚格的钥匙扣上，每天都在她的眼前晃。

她不是没有幻想过事情会按照自己所期待的方向发展，可实际却比幻想的要更迅速，也更顺利。

那个雨夜，楚格最终还是选择了回家，也没有穿走苏迟的衬衣。适可而止是最美妙的，她搞不清楚那是因为羞涩矜持，还是亲密过后的伤感，只是出于本能的直觉：一定要回到独处中，才能看清自己的心。

在大厦黑暗的楼道里，楚格沿台阶一级一级往上爬，一步比一步更确定，她胸腔里盈满的东西就是爱情。

在一起的时候满足，不在一起的时候想念，挥之不去，如影随形。如果这不是爱，什么才是？

[7]

硬装部分结束时，叶知真去房子里看了一次。

整个屋子的格局基本没有变动，楚格之前拿着原户型图跟她逐一解释过，这堵墙不能敲，那堵墙也不能敲，唯一能变动的是门的位置。

客厅和餐厅铺了象牙白的哑光地砖，卫生间则用水磨石地砖拼接微水泥墙面，和效果图上看起来没什么区别。除了主卧墙面贴的是烟粉色日式墙纸，其他房间统一用了浅紫藤色，这种墙纸的纸面上有纤维状的不规则纹理，手指摸上去有轻微的沙沙声。

虽然屋子里已经没有半分从前的样子，可闭上眼睛，她依然能清晰地记起每一件旧家具的位置，每一个角落里曾经摆放着的东西。记得北面阳台上悬挂着的那只玻璃风铃，只要窗户开着，即便是最轻微的风掠过，也能听到它清脆又温柔的声音。

她记得自己在这个空间里度过的点点滴滴。

客厅中间那张巧克力色的大沙发宽得能当单人床，夏天的周末，她会躺在上面看会儿书或者用 iPad 看个电影，看到睡意来袭便盖上孔雀绿的小毯子睡一会儿。

现在堆放着乱七八糟的装修垃圾的南阳台，以前有很多绿植和花草，其中最大的一盆是一株半人高的佛手。知真养植物没有太多心得和偏好，经常忘记浇水，从不修剪、松土、施肥，但或许就是这样的疏忽大意反而顺应了植物们天生天养的自然属性，两年的时间里，竟然没有一盆植物死掉。

这个家里，唯一死掉的是她的婚姻。

她后来无数次思索，在她心目中那段原本最坚固稳定的关系，究竟是在哪个时间点上彻底地摧枯拉朽一般坍塌了。她像侦探一样在脑海中努力搜寻蛛丝马迹，倒推着失败的各种可能性。

明明双方的工作都很忙，可他总显得是更忙的那一个，所以知真不得不承担起几乎全部的家务和整理工作。家里有最新款的吸尘器，也有能够合理规划路径的智能扫拖机器人，很大程度上减轻了地面清洁的工作，但工具毕竟需要人来操作。一次两次不明显，时间长了知真便隐隐觉得不公平——难道这些东西都是我专用的？

厨房那头也是，虽然入住前就装了最大容量的洗碗机，好像把这个家里的人都从洗碗这项最枯燥乏味又毫无成就感的劳作中彻底解脱出来，但实际上把餐具碗盘放进机器之前还有一个必不可少的步骤，就是要先手动处理食物残渣，而这也是知真一个人的事情。她恨恨地想，他从来都只把用过的碗筷杯碟随便地扔在水槽里就不管了，好像它们会自动变干净一样。

他换下来的衣服永远都是随便丢进脏衣篓，等篓子满了，知真看不下去了自然会洗。他也从来都没想过，垃圾袋、牙膏、卫生纸、洗手液和洗衣液这些东西是消耗品，用完是要人去买的。物业管家将物业费、停车费和管理费的缴费通知单贴在门上，他能做到视若无睹，等知真交完费用之后，他再轻飘飘地把钱转给她，以此来显示他的"家庭责任感"。

知真偶尔说起这些令自己身心俱疲的琐碎，他却只认为是小题大做，自寻烦恼，他竟然很真诚地问知真："你为什么不请家政呢，又不是请不起，非要自己做。"语气轻慢得好像这原本就是她的分内事，他根本忘了她不喜欢家里有陌生人。

是从何时开始，除了不得不商量的正事之外，他们都很少主动开口找对方聊天了。起初知真没觉察出这有什么问题，等她意识到了，反而松了口气，这样更舒服自在。

有时候他们会在客厅里稍微坐一会儿，共处一室的情况下，也只有电视里传来永不疲倦的空洞的声音。他们坐在沙发的两侧，中间隔得很宽，各自刷着手机。

知真曾试图打破这种沉闷，带着迁就的意味，找一些她认为能引起他兴趣的话题，可效果并不理想。他要么是干巴巴地笑两声，不发表任何看法；要么就是心不在焉地把她说的话重复一遍，连敷衍都是假惺惺的。

失落的次数多了，知真也不再做些徒劳的努力。她打从心底庆幸家里地方够大，双方都有属于自己的私密空间，能关起门来互不干扰。

他们都逐渐发觉，言语起不到交流的作用了。听说争吵也算得上是一种沟通方式，即便吵得失去理智、口不择言，至少能够发泄掉一些不满和愤怒。可他们在一起太久了，加上各自的教养约束着，早已经磨合出了一套稳定的相处模式，他们连架都吵不起来。

回想起那时的生活，知真只感觉一片沉沉的灰色，没有具体的、翻天覆地的事件，所以连痛苦都很抽象，无人可以诉说，只是每日每夜都隐隐作痛。她竟然喜欢上加班，事情做完了也要故意磨磨蹭蹭拖到很晚才走，给所有人一种勤奋、进取的印象，很多个晚上她宁愿开着车到处游荡也不想回家，像城市里的一个孤魂野鬼。她有点儿抗拒周末的到来，不知道应该怎么安排，特别期盼周一，从这时起她便预感到或许一切都已经无法挽回了。

她厌倦了像西西弗斯推石头那样毫无变化的重复，厌倦了冰冷和窒息，也厌倦了内心越来越狰狞的自己。

她只能对自己说，这只是婚姻的阵痛，绝大多数人都要经历的，或早或晚。等有了孩子就不一样了，到时候整个家庭的注意力都会集中在孩子身上，糟糕的状况就会得到改善，这是她心底一息尚存的幻想。可随着他们默契地分房而眠，这个念想也渐渐成为一种虚妄，一种自我欺骗。

她眼睁睁地看着婚姻生活渐渐化为一潭死水，以前的相知相爱都沉在水底日渐腐烂，也许他们曾经真实地有过一些美好的时光，但后来也不过是人生的淤泥。

直到这个时候，她仍然没有勇气主动做决断，也缺乏契机，只能一头扎进沙子里劝解自己：很多家庭很多夫妻都是这样将就着、持续着，睁一只眼闭一只眼忍耐着，我们不是这个世界的孤例。

重新站在面目全非的屋子里，知真发觉自己曾经乌云密布的心仿佛也被清扫干净，现在只有一片云淡风轻。

楚格不解地问："都到了那么难以忍受的程度了，为什么还不分开？"

"因为人有局限性，我当时有种盲目的自大，认为至少这个人的底色我是了解的，即使换一个伴侣也未必就比他更好。"

知真垂着眼，叫人看不清楚她的表情。过了一会儿，她又抬起头，默默走到了阳台上，望向小区经年不变的景观。青色的草地，苍翠的树木环绕着欧式喷泉，石板路铺成的步行道上有人在遛狗，这些景象和她从这里搬出去的时候一模一样，似乎印证着一个事实：人只能过一种生活——不是这样的生活，就是那样的生活——你没法跟生活讨价还价。

她的眼神变得深远，像是注视着永恒的空虚。

那时我以为人的情感关系都很狭隘，非此即彼，你只能在"这个人"或"那个人"之间做出选择，那时我不懂得人其实有能力从某种定式的生活中跳脱出来，可我后来想明白了，人这一生最终是和自己在一起。

[8]

楚格原计划下午去趟窗帘店看看样品，锁定几款颜色和花色适合知真家的面料，拍下来给她参考。

　　就在她准备出门时，忽然收到尼克的消息，很大一版文字："小格，很久没联系了。我过段时间就要退掉现在住的房子，最近在收拾整理东西，有些你留在这儿的书和杂物我用纸箱装好了，可以拍给你看看，你想要的话给我发个地址，我寄给你，你不要的话我就帮你扔掉。"

　　尼克是楚格之前的男朋友，他身份证上当然不是这个名字，只是从认识的第一天起听到大家都这么叫，她也跟着叫，久而久之便成了习惯，就连他的本名都要想一下才能反应过来。

　　他们平平淡淡地交往了一年，正是人生中最不忧虑，没负担的年纪。尼克家境殷实，心性比楚格更孩子气，他喜欢制造惊喜，买华而不实的漂亮玩意儿送她当礼物。他也喜欢热闹，仗义疏财，不厌其烦地张罗聚会，和朋友们去主题乐园，去郊区露营野餐，去关注度高的餐馆吃饭。任何人和尼克在一起都会很开心，但欢笑之余，楚格总觉得缺少了一点儿什么，那种感觉就像是一道菜里没有放足够的盐。

　　楚格对尼克没有刻骨铭心的爱，但也没有一句怨言，从任何角度看尼克都是一个好人，一个让人喜欢的人。分手的时候他们都很克制，礼貌地说了些"以后要继续做好朋友"之类的客套话，但事实上后来彼此来往的机会并不多，慢慢地就淡成了朋友圈里的点赞之交。

这下收到他的消息，楚格有点儿意外，随即她心里就生出了一点儿感激，谢谢尼克开门见山地把话说得这么清楚，她最害怕那种遮遮掩掩地先来一句"在吗"，再来一句"我有事和你说，方便吗"，把人架在半空中，回也不是，不回也不是。

接着尼克便把那一箱东西的照片发了过来，有几本书、一只黑色的移动硬盘、几个皮克斯动画的周边公仔和肯德基儿童套餐附赠的玩具，还有一条焦糖色的羊绒围巾。

楚格看着照片差点儿惊呼出声，这条围巾她不记得在衣柜里翻找过多少次，一到冬天她就怀念它的柔软温暖，颜色又好搭，偏偏那么小的衣柜里就是找不到它的踪影，原来是落在了尼克那里。

她想了想，干脆脱掉球鞋，坐回到沙发上给尼克回消息："住得好好的干吗要退掉房子？"

"你忘了啊，我今年要出国啦。"

"噢，我真忘了。"

楚格打出这句话的同时感到似乎有根细针轻微地扎了她一下，直到这时她才确切地想起来他们为什么分手。

那是两年多前的某个夜晚。

在尼克的公寓里，他们一起又看了一遍《2001太空漫游》，这已经是楚格看的第三遍了。她拿起一个苹果啃了两口，一边翻看着尼克珍藏的各种蓝光碟片，一边跟他闲扯。也不知怎么回事，慢慢就聊到了尼克那位多年前就去了加拿大的亲叔叔，尼克用很平常的语气说："我过几年也要过去，家里早就定好了。"

"啊？"楚格放在碟片上的手指停顿了一下。与其说是伤心失落，倒不如说是惊讶更准确。短促地啊了一声之后她立刻闭上了嘴，不知道该接什么。

尼克没觉察到她的异样，反而来了兴致，滔滔不绝地讲起他的计划，这个计划里也包括了楚格，好像默认了她理所应当要听从他，服从他，跟随他。

楚格握着苹果的那只手缓缓地垂下，她一下子想不出该如何应对尼克话语中的热情，也隐隐有些反感他所表现出来的那种权威感。

过了一会儿，她装得若无其事地又啃了一大口苹果，慢悠悠地说："可是我从来没想过要去另一个地方生活，别说是国外，就算换一个城市，我大概也不愿意呢。"

尽管她以为自己的态度已经很明确了，但尼克还是没有领悟，他不以为意地挑了挑眉，说："以前没想过也没关系啊，你可以从现在开始考虑嘛，你不是也经常说想去这里看看，想去那里看看吗？"

楚格心乱如麻，快速啃完了苹果，把核扔进垃圾桶。

她搓了搓脸，心沉到底，就是在这个时刻她意识到她和尼克可能从来没真正了解过彼此以及彼此对未来的规划。他们或许有相同的喜好、相近的审美和趣味，对一些事物有相同的看法和判断，但这并不是独属于他们两人的特性，而是生长于同一个时代、类似的环境里的人的共性。

楚格有些黯然地想，说到底，我们的质地并不一样啊。我说想去哪些地方看看，玩玩，或是短暂地住一阵子，不过都是叶公好龙罢了。对我来说，无论陌生的风土人情有多精彩迷人，都只是人生旅途的临时停靠，就像动物无法离开自己的领地，小朋友害怕转校一样，我也无法离开我熟悉的一切，窗外的世界有再多色彩，说到底我还是只想待在自己的房间里啊。

然而她最终没有解释也没有反驳，只是在尼克困惑的目光中挤出一个苍白的微笑。

再过了一段时间，她便主动提出了分手。尼克和她见面聊了一次，打电话聊了两次，确定无法改变这个事实之后，虽然他仍然不理解为什么，但还是尊重了她的决定。

他们处理得太容易了，就像两个一起参加暑假补习班的小孩，在正式开学之前，一边喝着冷饮一边轻描淡写地结束了恋情。

在桑田看来，楚格口中那些虚无缥缈的借口根本不构成分手的理由，她一针见血地指出了问题的本质："编得云山雾绕的，其实你就是没那么爱尼克啦。"

楚格条件反射般地否认："也不能这么说吧，我们的感情没有问题，只是大家要走的路不同。"

"得了吧，楚格，"桑田眼中闪过一丝狡黠，看穿了她的托词，"尼克长得不错，性格也好，家里有点儿小钱。他喜欢你，你是想不出有什么拒绝的理由才接受他的。就像夏天想吃冰荔枝，可是面前只有冰西瓜，那就吃冰西瓜吧，反正没人不喜欢冰西瓜，但你心里知道自己还是想吃冰荔枝。"

两年后楚格遇到苏迟，她才感到桑田彼时的话音穿过时间再次在她耳边响起：非要心碎一次，你才知道爱是怎么一回事。

说不清是出于内疚还是心虚，楚格给尼克发去收件地址之后，心里默默感慨了好一会儿。像是想要弥补点儿什么似的问他："你什么时候走呢？"她提出在尼克走之前一起吃顿饭作为道别，为了不让尼克觉得尴尬，她还特意补充说会叫上桑田。

楚格多虑了，尼克非常痛快地答应了。

过了几天，他们三个在以前常去的一家烤肉店碰了面。

尼克和楚格记忆中一样，高高瘦瘦，剃着寸头，漂亮的头型一览无余。他穿着一件枪灰色的防雨布外套，暗蓝的牛仔裤，左手戴着苹果手表，表带颜色是经典的爱马仕橙，脚上是一双和楚格同款的白色球鞋，身上仍然有些无忧无虑的少年气，这也是他最让人喜欢的特质。

楚格瞥到他的鞋子时，不易觉察地弯了弯嘴角，同时脑子里浮现起桑田那个奇妙的比喻，谁会不喜欢冰西瓜呢？

这次聚餐是为了给尼克饯行，谁也不知道下一次大家再坐在同一张台上吃饭是什么时候，甚至不知道还有没有下一次。一开始气氛略有点儿伤感，但毕竟都年轻，过了一会儿他们就从中挣脱了出来，桑田开了些无伤大雅的玩笑，尼克也很配合，于是楚格也不好意思再苦着脸。

她端起自己的梅酒，眼睛亮得要滴出水来，在微微的眩晕里，她由衷地对尼克说："谢谢你帮我保存那些不值钱的小东西，尼克，祝你平安快乐，所愿达成。"

尼克和桑田都跟着举起杯子，三只杯子碰在一起发出了清脆的声音。在烟熏火燎的烤肉店，两个女孩都因酒精而面色绯红，他们努力做出成年人应有的样子，平静地说着珍重。聚餐过后，尼克在街边象征性地分别和她俩拥抱了一下作为道别，气氛轻松得就像过去大家厮混在一起时，聚会散场各自回家的情形，而楚格此时的心情也并不比以前任何一次活动结束时更沉重。

她默默地看着尼克上了车，车辆越来越远，直到消失在她视野之中。她不禁想到，不那么爱也有不那么爱的好处，否则要如何接受人生中注定的一次又一次的离别。

闻到各自衣服上浓重的油烟味儿，楚格和桑田相视一笑。

桑田提议散散步再回去，正好楚格也想吹吹风散散酒意，于是两人便挽着手往回走。

这是自那次在糖水店后两人第一次见面。先前尼克在场，她们默契地没有聊私事，现在没有旁人了，楚格便把她和苏迟的事都一五一十地讲给了桑田听。她忧喜混杂的声音在夜晚的寒风里时高时低，时隐时现，将这桩沤在心里的秘密全部展露给桑田。

"以前你对我说，爱就是心碎，现在我大概明白是什么意思了，"楚格沉浸在自己的讲述里，也不在乎桑田的反应，"和他在一起也好，一个人待着也好，只要想到他，我的心里好像就会多出一道裂缝。"

"为什么呢？"桑田不明白。

"或许是因为他的前半生和我没有任何关系吧，我也不知道……"楚格盯着自己的鞋面，又想了想说，"一想起遇到我的时候，他已经有过一段深刻的感情了，我就会有点儿遗憾。"

沉默了一会儿，桑田突兀地问："你上次是不是生气了？"

楚格心中轻轻一颤，她以为那件小事已经过去了，没预备再提起，可桑田显然还是想把话说开。以她们的交情和对彼此的了解，坦诚相对确实是个好办法。

"也没有生气啦，只是有点儿尴尬，毕竟我和你的新男友也不认识……你们那么亲热，我在一旁像个看不懂眼色的傻子，况且那阵子我状态也很差，没有工作，感情也不明朗，人在低谷时总难免嫌弃自己……"

楚格尽量将原因归咎于自己，暗暗祈祷不要词不达意，避免和桑田生出嫌隙，但她没想到桑田听完这番话之后不但没有表示安慰，也没有开解她，反而若有所思地皱了皱眉。

接着桑田问了一个在楚格听来很奇怪的问题："所以，那时你是不是又想去找晓茨？"

楚格无意识地抽回了原本挽着桑田的那只手，脚下仿佛生根一般挪不动半寸。

她怔怔地看着桑田，那个问题里为什么隐隐透出某种寒意？电光石火的一瞬，她触碰到了那股寒意的源头——桑田不仅敏锐地捕捉到了她那时的嫉妒，更是早就洞悉她将晓茨当作一张兜住她负面情绪的安全网——而这一点，她自己却浑然不觉。

楚格一时骇然，汗毛直立，她完全不敢相信。

我比任何人都清楚晓茨给自己套上的枷锁有多沉重，求生有多艰难，我了解她所有的艰难和困境，在这段友谊中，她从未给我造成过任何压力，甚至在大多数时候，我都能游刃有余地给她一点儿帮助和关心，这让我自我感觉良好，能心安理得地沉湎在一个伪善的身份里——难道我竟然是出于如此自私卑鄙的原因才尽力维系这段友情吗？

是从哪里刮来一阵风，树枝在风中拍打着路灯的光线，眼前的事物模糊起来，一时明一时灭。楚格吃惊的脸上泛起一点冰凉，她感到被什么东西重重地撞击了一下，无法抑制地迸出泪来。

[9]

趁着电商活动大促，知真在网上一次性购置了所有的电器和大件家什，之后她拉出账单和第一次装修时的花费做了个对比，出乎意料地发现这次竟然比上次装修节省了不少。

虽然成品家具不如全屋定制那样严丝合缝，有些面积不可避免地浪费掉了，但她想，这么大的空间本来就是该有留白的。再说成品有成品的好处，在仓库里晾了那么久，什么有害物质都挥发了，更环保健康，以后还能灵活地调整位置，等到旧了坏了看腻了，想换就换，想扔就扔。

看着一笔笔即将发货的订单，知真心里有种久违的暖烘烘的感觉。同时她也很清楚，如果没有楚格，她不可能这么轻松，上次装修是她自己从头到尾参与的，那种劳累……至今想起还心有余悸。

硬装完工后，知真找了一天跟着楚格一起去家居城定了厨卫洗浴的东西以及灯具。按照楚格的说法，这些都是标准化了的产品，造型和品质大差不差，预算几万和预算几十万的客户都是在这几个品牌里挑选，所以选自己中意的型号就好。

　　接下来，她们又去了一家和楚格私交不错的中古家具店。面对那些诱人的，充满了年代感和旧故事气质的老物件，楚格早已经免疫，可知真是第一次来这种地方，她大开眼界，花了好大力气才克制住自己的冲动。几乎每件她都喜欢，都想买回家，并且深信不疑一定能找到合适的地方安置。幸好楚格保持了旁观者的冷静和理智，冒着惹店家不高兴的风险，在知真每一次头脑发热的时候及时出声劝阻。

　　最终知真挑了一个不实用但非常好看的秘书柜，一张黄杨木的旧茶几，台面铺着埃及蓝的马赛克方块，一个小推车造型的杂志架。就在她恋恋不舍地站在柜台边要结账时，鬼使神差一般，又看上了店主身后的一座黄铜台灯，抢在楚格开口之前赶紧说"再加上这个"。

　　看到楚格无奈地翻了个白眼，知真哈哈大笑，她已经很久没这样痛快花钱了。一想到终于要搬回自己家住，这些东西会和她朝夕相对，它们都是新生活的一部分，她便觉得是值得的。

　　当天最后一项任务是去窗帘店，因为楚格事先已经做足了功课，知真到店后没花多少时间，轻而易举就决定了几款和墙纸同色系的布料。

一整天下来，兴奋感一点点消耗殆尽，像退潮后的沙滩只裸露着精疲力竭。

中午为了节省时间，她们只在咖啡馆凑合吃了金枪鱼三明治配咖啡的套餐，买完窗帘出来两人都已经饥肠辘辘。知真顺势提出，不如一起去吃顿像样的晚餐吧。

"求求你不要拒绝啦，上次还是苏迟请的，这个季度我忙得要命，把麻烦的事全都甩给了你，我心里实在是过意不去，就给我个机会表示感谢吧。"

她拿出收藏的一家评分相当高的日料店给楚格看："去这家怎么样，我一直很想去试试，就是没找到合适的饭搭子，你就当陪我吧。"

楚格原本和苏迟约好了晚上见面，但就在半小时前，苏迟发信息来说临时有事，一时半会儿走不了，反正她有门禁卡，也知道他家密码，可以先去他家等他。虽然苏迟不介意，但楚格还是觉得这样不妥，哪怕她和豆包现在已经相处得很融洽了，但总归是不妥……既然知真如此诚恳，盛情难却，就成全她的心意吧。

刚到地方，楚格就有点儿后悔了。

这家店藏在金融中心的一座写字楼里，门口一排青竹显得幽静清雅，就餐采用预约制，正常情况下只接待提前预订过的客人。知真向前台报了订位的手机号，楚格这才知道，知真不是心血来潮临时起意，而是一早就计划好了。

她们落座后，穿着葱绿色浴衣的年轻女孩微笑着奉上滚烫的热毛巾，倒上两杯玄米茶，轻声向她们介绍了菜单和服务铃的位置，躬着身体退出了雅间。

知真擦完手，翻开又大又厚的菜单，招呼楚格也看看，想吃什么就点什么，千万不要客气。

菜单第一页就叫楚格大吃一惊："我有没有理解错？这个牛肉是按克算的，三块五一克，那一百克就是……"她脑子里飞快地计算着，赶紧合上菜单，压低身体，哀求着知真，"这也太贵了，我们还是走吧。"

知真头也没抬一下，气定神闲地说："你看看后面的呀，还有好多呢，有不贵的。"

听出了知真语气里的坚决，楚格也不好再啰唆，只好硬着头皮继续往后翻。说后面的菜式不贵也只是相对第一页而言，一直翻到最后，最便宜的是甜品杏仁豆腐，而一碟盐烤银杏的价格就抵得上楚格平时的一顿午饭。

楚格在心里幽幽地叹了口气，她知道，知真没有丝毫炫耀的意思，但仅仅这个环境、这份沉甸甸的菜单就足以令她不安。

这种负担并不陌生，在和苏迟的相处中，她就经常感受到。是，她知道，他们的出发点都是善意的，想尽量照顾她，庇护她，带她见识一些新鲜的东西，但他们都忽略了她现阶段的处境和心境，越是隆重的心意越是会造成压力。

楚格察觉到，很多时候，他们都把她看作一个小妹妹。他们想对她好，愿意为她做一些事或者花一些钱，从不期望得到任何回报，不过想要她开心一点儿。而她并非不愿意领情，也不是不感激，她很明白在如今的社会，一点真心有多稀缺难得。可无论知真还是苏迟……他们和她的生活状况、消费水平都相差太远了，他们的日常花费对于已经失业了大半年，只做了一单本质上是卖人情的活儿的她来说，简直奢侈得触目惊心。

她不能理直气壮地享受寄居式的福利，时常自尊心作痛，仿佛在不自知的情况下走了某条捷径，因此萌生出了无法言喻的、奇怪的负罪感。

见楚格迟迟不说话，知真也不再浪费时间，她做主点了金标横膈膜肉、厚切牛舌、蔬菜拼盘、温泉蛋和苏梅小番茄、百香果饮料兑苏打水，又要了招牌推荐的鹅肝手握、星鳗手握和海胆手握三款寿司。

过了一会儿，一身雪白工装的寿司师傅推着小车过来为她们当面制作寿司，细致地说明每一种食材。知真微笑地听着，楚格只好也有样学样，挤出一种笨拙且僵硬的笑容。

食物非常美味，奶油般丝滑的鹅肝配上特别调配的酱汁，连着醋饭一起吃，一点儿也没有想象中的黏腻，海胆鲜甜，星鳗鲜嫩，楚格不得不承认，一分钱一分货，这家料理的品质跟她以前吃过的那些快餐确实有天壤之别。

可是，怎么说呢……她静静地喝着热茶，脑中浮想起念书的时候，学校附近有家人均几十元的回转寿司店，价格便宜品类多，很受学生们欢迎。她和桑田经常去，有时也会叫上晓茨。那家店没有高级鹅肝和星鳗，只有普通的鱼片、鱼子和甜虾，不限量的茶碗蒸蛋和甜度超标的南瓜挞。

她早已经不记得那些食物的味道，可她记得那时她每天都很轻松也很快乐，是啊，那时她比现在快乐。

自从桑田说她只是把晓茨当作情绪上的安全气囊之后，她就没再主动和桑田说过话，连带着将晓茨也一块儿冷落下来。

这段时间晓茨倒是难得地给她发过几次消息，像是察觉到了什么似的，带着一点儿忐忑和困惑地问："你很久没来找我玩了，也不和我聊天，是不是光顾着谈恋爱去啦？"

面对晓茨的单纯，楚格不忍心说出实情，只能胡乱编些借口糊弄过去，她还在等待越过那个障碍的时机。

尽管赌气毫无意义，但她目前也只能用这个幼稚的武器对抗桑田安在她头上的罪名。

这件事让楚格学会了一点新的人生经验：人的自尊心会随着年龄增长。她无比怀念小的时候，也不知道是那时候脸皮比较厚，还是彼此之间没有明确的边界，反正发生任何不愉快的事，等到脾气过了，大家总能摊开来说清楚，既不怕吵架也不怕道歉。可是长大以后，什么都变了，哪怕她也认为桑田说的不是完全没有道理，但她知道自己绝对不能承认。

这顿晚餐吃了一个半小时，直到知真摁服务铃叫人结账，楚格才如释重负。她偷偷瞟了一眼账单小票上的数字，那几乎是她半个月的房租，而知真看都没看就将它塞进包里。

分开时，楚格再一次郑重地向知真道谢："你真是，太破费了。"

知真还沉浸在这充实的一天的余韵里，沉醉在美食带来的满足中，她眉目舒展，怡然自得，语气里还有一点儿轻微的骄傲："你喜欢就好，证明我没选错餐厅，下次我们再来试试别的。"她的声音和笑容都很温柔。

楚格不置可否地笑了一下，她心里很清楚，当然不会有下一次了。

之后楚格径直去了苏迟家。输完密码打开门，苏迟的鞋子脱在玄关，但室内一片漆黑安静，看上去不像有人在家的样子。她没出声，轻手轻脚地走到卧室门口，借着月光看见苏迟睡在床上，连衬衣都没脱。

听觉比苏迟敏锐的豆包从它的帐篷里钻出来，睡眼惺忪，打了个哈欠，蹭了蹭楚格的裤脚当作打招呼。就如苏迟一早预测的那样，她来的次数多了，豆包自然而然地接纳了她。

她蹲下来，揉了揉豆包毛茸茸的脑袋，轻声细语地问它"你吃饭了吗"，豆包像听懂了似的把她带到了自动喂食器边上，她这才发现储存桶里已经见底，看样子是苏迟忘了给它添粮。

楚格转身从储物柜里拿出一个鸡肉罐头，撬开倒在豆包专用的高脚碗里，又磨碎一颗猫咪维生素撒在肉泥上端给豆包。趁它专心吃着，她把浮着猫毛的小半碗水拿去倒掉，将水碗里里外外冲洗干净，换上新的纯净水摆回原位——从没养过小动物的她现在对这套流程已经驾轻就熟。

做完这些之后，她胃里压着的巨石似乎才松动了一点儿，那些食物这才开始被消化。

苏迟睡了很长时间，醒来已经是下半夜。看到客厅的灯亮着，他恍惚了好半天才想起，是楚格。他迅速爬起来冲了个澡，套上干净的睡衣去到客厅，看见她蜷着腿在沙发上看书，是从他书柜里拿的《我打电话的地方》，那本书已经很旧了。

"你几点来的？"他有点儿不好意思，去冰箱里拿了瓶水喝，"我没想到会睡这么久。"

楚格侧过头来平静地看了他一眼，没有责怪也没有抱怨，只是提醒他："猫粮没了，我不知道该买哪个牌子。"

　　"噢，你不用管，我会买的。"他说着走到她身边坐下，静静看了她一会儿，"这么晚了还不困吗？"

　　"我早点儿睡晚点儿睡有什么区别呢，社会又不需要我。"楚格耸了耸鼻子，自嘲地笑了一声。

　　苏迟这才察觉到不对劲，他的目光停在楚格风平浪静的面容上，那张脸下面潜藏着蠢蠢欲动的怒气，但他没有把握那是不是冲他来的。片刻后，见她没有想要倾诉的意思，他便将注意力转移到了她手上的书："你喜欢卡佛？"

　　楚格合上书，摩挲着封面，沉吟着："上学的时候在图书馆看过几本，那种感觉很奇特，我似乎看不懂他究竟是在写什么，总是在意想不到的地方戛然而止……"她想起，那时候她认为自己不喜欢卡佛，他的小说不符合她对叙事的认知，她习惯完整的讲述，通俗的故事，有清晰的起始，有明确的终结……楚格顿了顿，继续说："突然有一天，脑子里像雷鸣一样，以前不理解的那些东西轰然倒塌，在这之后我再读他的作品，就完全没有障碍了。"她说话的时候一直垂着眼。

　　苏迟揽住她的肩膀，亲了一下她的额头。她现在比他们刚认识的那个时候更瘦了，看到她起身去倒水喝的样子，苏迟觉得她摇摇欲坠。

　　最近发生了什么事吗？苏迟本想再试探着问问，可她转过脸来，那冰冻般的神情封住了他的口。

这晚楚格没有回自己的住处。他们躺下的时候，启明星在天边孤零零地亮着。

苏迟在她耳边轻声说："等到夏天我腾出时间来，我们一起去趟意大利好不好？风景好，美食多，签证也很好办。你不是说过喜欢《托斯卡纳艳阳下》那部电影吗，可以去实地看看。"

"要花很多钱吧，我得好好想想。"楚格瓮声瓮气地说。

"这方面你不需要担心啊，有我呢。"

"好啊，如果等到夏天我们还在一起的话。"

苏迟僵了一下，在黑暗中，谁也没再说话。

[10]

将下个季度的房租转给房东之后，楚格看着账户里已经不宽裕的余额，心下一惊，突然间像是从一个粉紫色的泡影中醒来。最新的一笔进账来自知真转来的尾款，她家的工事已经全部结束，家具电器皆已进场，只等再晾晾气味，她就要搬回去住了。

就在前几天，楚格还在盘算着和知真约时间去房子里拍照片作为以后提供给其他客户看的案例，可就从这一分钟开始，那种闲适缓慢的心情荡然无存。她不得不正视问题的严重性——当初出于一时意气，不管不顾地裸辞，以为凭着自己的专业和勤力，至少能维持基本开销，但现在看来显然她太低估社会现实了。

事实证明，你把生活想得太简单，生活就会狠狠地教训你。

她做梦也想不到，大半年的时间里她竟然只做了知真那一单完整的项目，并且就连这一单还是苏迟极力促成的。她不是没有尝试过厚着脸皮向过去的客户打探"您的亲戚朋友中有人需要私宅设计吗"，也特意对关系还算亲近的朋友们透露出这样的信息：有合适的活儿可以推荐我。

她讲得很客套，叫人一点儿也看不出紧迫感和急切，没有释放出真正的信号，反而显示出一种故作姿态的味道，所以收到的回复也都只是浮于表面的应付。这大大地降低了"求助"的意味，让所有对话都成了毫无意义的社交，只有她自己知道，她远没有自己表现出的那么轻松。

她现在的情况很像那个黑色幽默的笑话：当从飞机上一跃而下之后才发现自己背的不是降落伞。

整个春天楚格都是在浑浑噩噩中度过的：持续性的失眠又回来了，她一直瞪着眼睛到天亮才略微有些困意，但睡不了太久，也睡不安稳。她状态奇差——可偏偏人在这种状态中感官却变得前所未有的敏锐，外边一丁点儿的风吹草动就会惊醒她。

焦虑令人坐立难安，她无法保持长时间的安静，书是完全看不进去了，连两小时的电影都无法专注地看完。当她躺着刷手机的时候，就觉得自己这副鬼样子实在太堕落，应该起来做点儿正经事。可当她翻身从床上爬起来，又会因为没有具体的目的而陷入茫然，她实在不知道该做什么。

有那么一阵子——大概半个月的时间，她会在清早去最近的公园走一圈，那个时间段的公园里连老人都很少。走完这一大圈，就在回家的路上随便买点儿什么吃的当早餐，伪装得好像自己还过着某种规律的生活，还没有彻底自我放弃。但很快她就对此失去了兴趣，也装不动了。

她是城市的游民，一个在自己的住所都得不到归属感的异类，过着一种似是而非的生活。

昼夜颠倒已然成了常态，她如同困兽，有意把自己和外界隔绝开来，孤立无援。以前忙得累得没觉睡时，她只想要多一点儿休息时间，多一点儿自由，可当她真正失去了生活的尺度才明白，没有边际的自由就相当于从人类社会中被流放了。

苏迟也好，桑田和叶知真也好，这些亲密的人，紧密的关系对楚格来说似乎一下子都失去了意义。他们发来很多消息，叫她出来见面，聊天，吃饭，她只是爱搭不理地回一下，找各种理由推辞拒绝。这种冷淡一定让他们感到自讨没趣，于是他们渐渐地也就不那么热切了。

楚格也并不喜欢这样的自己——他们没有任何得罪和冒犯她的地方，却都在不知不觉中被她刻意推远。就因为那顽固而虚张声势的自尊心，她既没法向他们诚实地说出自己的困境，也没有多余的力气逼迫自己装出一副无事发生的模样。

在某个春雷滚滚的早晨，又是一夜无眠的楚格第一次直面了蛰伏许久的真相：如果一个人连维持基本生活的能力都欠缺，那她大概也无法长久地保有那些她认为美好的事物，更不用痴心妄想地去追寻什么自我价值和人生意义。

而这个认识除了加重她的沮丧，没有一点儿别的用处。

转折发生在一天晚上，楚格洗完澡之后。

她用毛巾把镜子上的水蒸气擦掉，没有第一时间穿上衣服，而是先端详了一会儿自己的面孔，不知道为什么这张脸看上去有些模糊，像是在相当长一段不规律的生活中失去了某些锐利的东西。她转过身，看到背上和后腰有几片零散的小面积的绯红，有点儿痒，抠了一下，没想到越抠越痒，这明显跟那瓶已经见底的沐浴露无关。

她第一时间没觉得害怕，但心底里有种比害怕更消极的情绪。前两年工作压力大的时候她身上也出现过这种小疹子，那次是在胸口。她吓得半死，特意请了半天假去医院挂皮肤科，大夫看了看症状，又问了几句关于作息和日常饮食的问题，就知道了是怎么回事，只开了两支低价的外用药膏。

"药膏只是辅助，重要的是饮食清淡，放松心情，保持充足的睡眠。身体好心情才会好，心情好身体才会健康。"

这几句简单的话她到现在还记得很清楚，可也仅仅是记得而已，她没有做到。

楚格从乱七八糟放着各种药物的医药箱里翻出那两支药膏，一支未开封的已经过期，另一支用过的还剩一大半，也不知道是否还有药效。但她只迟疑了一秒钟便拧开了小小的盖子，挤了一些药膏在手指上，摸到后腰的位置涂了上去。

在那种极清极浅的凉意里，不知怎的，她脑海中忽然浮现起一个画面，是去年冬天有一次和知真见面的时候，知真穿着珍珠白的长款开司米大衣，大衣下面是一件紫罗兰色的丝绸衬衣，头发松松散散地夹着，恰到好处地落下几缕，没有戴任何配饰。她双手握着方向盘，目视着前方，脸上是她惯有的那种优雅的、气定神闲的表情。

楚格当时坐在副驾驶座，静静地看着知真的侧脸。知真其实长得非常美，但她自己总是假装不知道这一点，或许是因为在她看来人生到了现在这个阶段，美已经不是一项最显著的优势了。

而那个时刻，楚格不是被知真的美丽震动，而是她的手，看上去那么有力量，能完成所有想做的事情，能带自己去任何地方。

也许我也应该趁这个空档期去把驾照考了，等再挣到钱，说不定我也可以给自己买辆便宜的小车，想去哪儿就去哪儿——这个念头刚冒出来的瞬间就被她牢牢地抓住了，楚格甚至有点儿不敢相信自己怎么会迟钝到现在才想起这件事。

高考完的那年夏天桑田叫她一起去驾校报名，但她没有去，桑田便和其他朋友一起去了。多年以后她回想起来，已经不能确切地记起当时自己为什么没有和她们一起去，也许是怕热怕晒，懒得出门，也许是她当时认为这件事并非迫在眉睫，非做不可，以后还会有许多的时间和机会，而她在那个时刻只想要一个散漫闲适的暑假。

到了夏天的末尾，桑田顺利地拿到了驾照，晒黑了几个度的她告诉楚格，她每天都涂好几遍防晒霜，可根本抵挡不了七八月的太阳。桑田说这话的时候有种毫不在乎的潇洒，不管怎么样，她坚持下来了。

而楚格做了什么——她依稀能够想起的是，整个暑假自己都窝在家里，先是贪婪地把《哈利·波特》的七本原著翻来覆去看了好几遍，再一口气把八部电影看了一遍，之后又找了许多相关的资料，例如作家访问、电影花絮、幕后故事等来解馋。就像她在高考前计划的那样，她大方豪迈地给了自己一个完全沉浸在魔法世界的暑假，没被任何人任何事干扰。在她的心里，这才是那件迫在眉睫、不得不做的事。

隔着时间的长河回头审视，楚格很轻易地就看清了自己的愚蠢，或者换个稍微好听一点儿的词叫"晚熟"——考驾照和看《哈利·波特》根本就不冲突，只要合理安排时间，两件事完全可以同步进行，可她下意识地就舍弃了其中一个。

在后来的岁月里，她反复印证着这一点：很多时候，面对不同的选项，她总是不知道应该选择那个更实用的、对自己更有利的。

或许是因为高考后的那个夏天没能跟上桑田的节奏，错了一拍的楚格索性就按照自己的调子一路奏了下去。她们上大学时恰逢移动互联网蓬勃发展，时代的洪流冲垮了原先的生活架构，各种应用功能从线上社交一路延伸至线下的衣食住行，渗透了人类活动的方方面面。无论身在何处，点点手机屏幕就能叫到各种价位的车，驾照似乎也不再是个人出行的必需品。楚格想，就像桑田，虽然那么早就拿了驾照，但实际上也没开过几次车。

后来她又认识了尼克，每次出去玩尼克都会开他那辆二手的小越野，直到现在，来往最多的人不是知真就是苏迟，他们都不需要她开车，俞楚格似乎永远都可以安然地坐在副驾驶上。他们所有人的体贴和慷慨都在某种程度上纵容了她，也麻痹了她，在这些关照中，她从来没觉察到开车是一项个人的必备技能，自然而然地将考驾照的计划推迟一点儿，再一点儿。

如果有哪个时刻最应该要完成这个计划，无疑应该是十八岁的夏天，其次便是现在了。

打定了主意，接下来的步骤其实也很简单。

楚格花了一两天时间做了些功课，对比了几家驾校的口碑和评价之后，选定了其中一家。在她住处附近就有报名点，经过短暂的咨询，又结合目前的经济状况，她报了价位最适合自己的那档。

驾校在距离较远的郊区，每天有三趟免费班车接送，早晨出发的时间分别是五点半、六点半和七点半。楚格很清楚，要是连七点半的那趟都没赶上就意味着这一天废了，不用去了，她不可能花额外的钱打车过去。后来事实证明她多虑了，从练车的第一天开始她乘坐的就是五点半那趟，一直到取得驾照，她没有错过一次班车。

或许是因为有了具体的目标，楚格的精神状态改善了许多，顺应着振作起来。她迅速地通过了科目一的考试，然后在春天的尾声进入了练车的流程。

她报的那班是三人同车，每个学员真正能摸到方向盘的时间很有限，加上车辆排队，大多数时候她们都只是坐在闷热的车上苦等。她从闲聊中得知，VIP班是一人一车，有专门的休息室，还有午餐供应，但最让人羡慕的是可以预约指定教练，不过这一切优待都包含在那个让她望而生畏的价格里。

楚格她们的教练是个嗓门很大的中年男人，每天心情都不太好，跟她们讲话也总是透着不耐烦，态度和语气都硬邦邦的。同车的另外两个学员都比楚格年纪小，学生模样，脸上时刻流露出忐忑和紧张的神情，压力很大——不像是来自学车，更像是来自教练。

相比之下，楚格显得镇定许多，倒也不是说她心理素质更好，纯粹是因为她又切回到了以前应对客户的那套处事风格。鉴于自己前几个月的经历，坐在车上刷课时总比躺在床上刷手机更有价值不是吗？内心深处她甚至有点儿同情教练，这份工作的枯燥、乏味和无聊对人的耐性是极大的考验。新学员一批一批来，而教学内容始终是一样的，重复着相同的指令，应付着不同的笨蛋——没有哪份工作是容易的，设身处地地想想，楚格便原谅了教练的坏脾气。

科目二的考试很快到来，同批的三个学员都顺利通过，这让教练那天的脸色看上去和善了许多，这时楚格才突然醒悟，学员的通过率直接和他的业绩挂钩。想到科目三要过阵子才考，楚格决定利用这段空闲时间去看看晓茨。

然而，再给她一万次机会她也想不到，这次和晓茨见面竟然会是永诀。

Part 3

琥
珀

[1]

出签的那天，楚格高兴极了，先前笼罩在她心头的阴郁和压抑顷刻间一扫而空。

在过去三周等待签证的时间里，她的心一直悬着，怕自己递交的材料不合格。而每当她流露出这样的担忧，苏迟便会不厌其烦地再次告诉她："你不用过分焦虑，意大利的旅游签证发放很宽松，我很多朋友每年都去玩，还没听说过有谁被拒签的情况。"

"你安心收拾行李，有空的话就看看别人的旅行攻略，有什么特别想去的地方记下来，告诉我，我可以再调整路线。"苏迟讲得云淡风轻，像是在描述他生活中一桩再普通不过的事情，轻易，渺小，没有任何难度。

楚格知道，这趟旅行既是苏迟一直想兑现的承诺，也是他竭尽所能想出来宽慰她，缓解她焦虑的办法，是他想送给她的礼物。毕竟从她这整个春天的表现来看，离崩溃发疯也只有一步之遥。

她心里暗暗叹气：可是他不知道这趟出行对于我意味着什么，也不知道我接受这个提议要付出什么。

她和苏迟的关系似乎过早地进入了倦怠期，情感衰竭的速度快得令人难以置信。面对这样的现实，她不能不感到难过，苏迟最初的慎重和深思熟虑都显得多余了——如果结局注定是分崩离析的，早一天开始和晚一天开始又有什么本质上的区别呢？

她发现，她的生活越艰辛拮据，她就越难对苏迟诚实，这两者之间是因与果的关系。她不愿意被她爱的人担忧或是看轻，哪怕她知道对方未必会用世俗的标准来衡量她，但她却不能不用世俗的标准来衡量自己。

深夜失眠，辗转反侧，被挫败感鞭挞之时，她不知道究竟是对现实失望多一点儿，还是对自己失望多一点儿。

或许别人会问，既然代价这么高，怨念又这么深，你为什么非要跟他去呢？旅行又不是什么不做就会死的事情，但你花了这笔钱，到生活无以为继时，才真的会死。

没人知道楚格心中有一息仿佛通灵般的感应，叫她在这件事上保持执着，就好像命运在无声地启示：这样的契机以后不会再有了。

不久前楚格如愿考取了驾照，所有科目都一次通过，虽然算不得什么了不起的事迹，但还是让她感到了一点儿久违的振奋。毕竟这是在相当长的一段时间里她仅仅依靠自己就取得的成绩。

在那之前，她还去晓茨那儿待了几天。

她给晓茨带去了一个小兔子造型的烛台和一支白檀香的蜡烛，郑重地用纸盒装着，附了一张自己手写的卡片，像一份礼物该有的样子。

晓茨对她梦游一样的突然到访毫无怨言，一个问题也没问，只是安静地敞开亲人般温柔的怀抱，用她简陋的住所裹住了楚格所有的颓唐、失意和强烈的自我怀疑。

在晓茨上班的时候，楚格会戴着耳机，一边听着老歌一边在社区里闲逛，逛菜市场也逛棋牌室，没人认识她，没人跟她讲话。她不仅不感到孤独，反而在这样的情境中好像彻底换了一个身份，变成了和俞楚格无关的另一个人。

还在上学的时候，她很喜欢一部黏土动画电影，无论看几遍都会哭，其中有句台词是"当我年轻的时候，我想变成任何一个人，除了我自己"，她现在看这部电影已经不再流泪，却真实地体会到眼泪抵达不了的悲哀。

她还用冰箱里有限的食材做过几次饭。

她厨艺平平，只会做些简单的家常菜：丝瓜汤、青椒炒鸡蛋、肉末炒蘑菇、蒜香茄子之类，再煮一大锅白米饭。晓茨收工回来，看到现成的饭菜表现得分外惊喜。就着那支散发着清淡白檀香味的蜡烛，她们也算吃过两次朴素的烛光晚餐。

如果不是因为楚格的状态实在太糟糕，她不会发现不了晓茨比她们上次见面的时候又瘦了一些，脸色呈现出一种透明的苍白，眉目间蕴含着浓稠的忧郁。显然晓茨的境况也很差，可她还是竭力展现出了人在逆境中的韧劲和弹性，不仅吞咽下自己那份沉重，还匀出气力来接纳楚格，为她仓皇的灵魂提供了一个暂时的庇护所。

晓茨善良得像是在冬夜里只有三根火柴的人，自己取暖都不够，却还是慷慨地分了一根给她——这一点有多珍贵，楚格是后来才领会到的。

晓茨家的老空调又坏了，一晚上要重启七八遍，每次重启之后能正常运行的时间不会超过一个钟头。她俩轮流摁着遥控器，到凌晨三点时，谁都没耐心再多摁一次开关。

晓茨让楚格睡床的外侧，这样离风扇更近，她自己则贴着墙。

两人各自有烦心事，金钱的压力是她们现在共同的难题，但谁也不愿意吐露，既是不忍心加重对方的心理负担，也是知道倾诉无用，不如不说。于是楚格便话锋一转，说起那次她去找桑田，结果桑田新交的男朋友也在，自己无意间目睹了他们亲密的举动，真是噩梦般的尴尬。

在讲述的过程中，楚格一点儿也想不起那个男生的模样，连他的名字也忘了，只依稀记得他姓宋。

晓茨捧场一般地追问："是什么样的男生？"她的声音里透出一种冰冻三尺的疲倦，只是在机械地进行着对话。

"我也只是匆忙见过那一次，印象不深，要是和他单独在路上碰见，我大概认不出来。"

关于桑田的恋情，她们只聊了一小会儿就终止了。话题没有延展性，因为缺乏具体的细节，加上她们也不是真的对此感兴趣。晓茨很快就睡着了。

楚格轻轻地侧过身，被一种灭顶的寂静淹没。她们躺在同一张床上，像是置身于同一条战壕里。

她曾经以为，一个人就算失败，那也是生命中的史诗，很诗意，很悲怆，会发出玉碎般惊天动地的声响，直到她亲尝了失败的滋味，才猛然发觉自己过去关于"失败"的理解是多么幼稚可笑。

失败是现实而不是感受，是斩钉截铁的结果而不是想象；

是你极力想要回避，只想埋头躲在黑夜里，却无力阻止每个黎明的到来。

虽然依旧只是短暂几天的相处，却也足够楚格彻底确定她和晓茨之间是真切的友谊，没有一丝一毫的虚伪，绝不是桑田以为的那样：她把晓茨当作负面情绪的托底。

楚格对桑田的不满已经被时间稀释了，她心里不怪桑田了。当时那股气愤也好，伤心也好，都已烟消云散。她想，桑田大概只是出于一种幼稚的嫉妒才会说出那些蠢话，毕竟这么多年来，所有认识我们的人都知道，我们是对方最好的朋友。有时候你不得不承认，深刻到某种程度的友情和爱情是有相通之处的，比如占有欲和排他性。

楚格尽力说服了自己，却也不能够完全回避这个事实：她和桑田之间有些东西在悄然中发生了变化。

相比起生存的危机，情绪的问题微不足道。好在那些隐藏在她自尊底下的求援不至于全都石沉大海，有几个关系还算过得去的熟人回复她说，适当的时候会推荐亲戚朋友联系她。她也知道或许人家只是说些客气话，但渺茫的希望也是希望，人在虚弱的时候需要的就是这种自欺欺人的东西。

从晓茨那儿回来后，楚格像被冰水泼醒，她看明白了自己的处境经不起继续蹉跎。回想起离职时的轻率、自以为是和鼠目寸光，当时竟然傻傻地以为那是志气。现在她清楚地了解自己的斤两，只想尽全力将生活拉回正轨。

她开始一面投简历，一面把驾照考试剩下的流程走完，在这之后，她终于主动联系了知真，约定时间过去拍照。

新装的房子虽然一直开着窗通风，但仍然有股明显的气味。楚格和知真都戴着口罩，没怎么交谈，这让楚格松了口气。她穿梭在各个房间，快速地拍完了需要的照片。从房子里出来，知真拉住急急忙忙想走的楚格，说她们也有好长时间没见了，不如找个安静的地方坐坐，聊聊天。知真的表情很诚恳，语气里却有着不容推辞的坚决。

"你放心，就只是一起喝点儿东西，你不舒服随时可以走。"知真说。

楚格紧咬嘴唇，犹豫着，终于还是同意了。

知真将车开到她以前很爱去的一家小酒馆，下午这个时间没有别的客人，灯光昏暗，她们坐在吧台，楚格要了一大杯鲜榨啤酒和洋葱圈，知真只点了一瓶气泡水。

很长时间过去，她们都没有说话，这情形有点儿像她们第一次见面的时候。那天她们注视着窗外的树，今天则都静静地看着啤酒杯里那些洁白绵密的泡沫，等待着那个开口的时机。楚格想，毕竟前些日子自己不回消息、不接电话的行为是很不礼貌的，于情于理都该向知真道个歉。

大口喝下几口啤酒之后，楚格微红着脸，对知真说："真是对不起，我前阵子心情很差，真的很差，没法见人，所以……"

　　她话没说完，便被知真打断了："不说那些，你现在好了吗？最近在做什么呢？"

　　交流一旦开始，楚格便察觉其实和别人说话也没有她以为的那么难。她结结巴巴，笼统地讲了几件自己最近在做的事——去看了一个好朋友，考了驾照，现在重新开始找工作了。她只讲事情，对自己的心理状态只字不提。

　　知真先是粲然一笑："原来这段时间你过得这么充实，给自己安排了这么多事情，那就好呀，我一直很担心你……"说到这里，她停顿了一下，声音低了许多，"苏迟当然比我更担心，我们还商量过是不是该想点儿什么办法帮助你，但他说也许你只是想一个人待着，讨厌别人打扰。他还说，你的难题如果你自己解决不了，那我们也解决不了。所以我们最后只好什么也不做，耐心地等着你愿意出来的时候再说。"

　　楚格一动不动地听着，貌似无动于衷。

　　她最激荡、最暴戾的时段已经过去了，生活依旧在原地踏步，没有任何好的改变，但最起码她现在可以以一张平静的面孔坐在知真身边，躲在她惯常的沉默中，藏起茫然与软弱。

　　到傍晚她们分开的时候，酒馆门口的小灯亮起，城市露出了另一张面孔。

知真握着楚格的右手，真诚地对她说："下个月我就搬回去了，到时候欢迎你随时来玩，要是你高兴，住一段时间也没问题。"

楚格望着知真充满关怀的面孔，张了张嘴，无声地说了句谢谢。

"和苏迟见个面吧，楚格，他很挂念你。上周末我们一起吃饭，他还说起再过一个多月就是你的生日，他想把时间排出来陪你去旅行，也不知道你肯不肯去。"

楚格抬起左手捂住了自己的双眼，她用了极大的力气才遏制住溃败的情绪。她感到自己的心像一颗沉甸甸的饱满的果实，被一股力量捏爆，汁水飞溅。

[2]

他们在一个阳光明媚的上午出发去机场，苏迟开了自己的车，并把它停在了航站楼到达层的停车场。楚格不明白这是为什么，他们的行程总共十天，车要在停车场停十天，这是一笔轻而易举就能算出来的花费。

苏迟解释说："我们回程落地的时候差不多是早高峰的尾

声，虽然打车也是一个不错的选择，但考虑到或许还要排队，或许叫的车放不下两个大行李箱之类的原因，我认为还是直接去停车场取车回家最省事。"

他说话不急不缓，神情怡然自得，这份从容自信正是他当初吸引楚格的地方，至今也依然令她心折。她凝视着苏迟，心里多了些许轻微的苦涩。

她突然想起一件事，同时自责于竟然迟钝到此时才想起来："我们出去这么久，豆包怎么办？"

楚格没有养宠物的经验，长期独居，日常生活之中没有任何羁绊。从前在公司时，她很多次听有孩子的同事说起节假日的安排，要带小孩去这里去那里，偶尔有出差的工作她们也是能推就推。楚格知道"母职焦虑"这个词，但那究竟是怎样一回事，人处在那种身份和角色中，体内激素会发生怎样的变化，这些变化又会如何影响人的行为，她并不确切地了解。

豆包虽然不是她的小猫，但相处下来也着实培养出了真感情，想到它要孤零零在家里待十天，楚格不自禁地皱起眉头，心微微一颤。

"它有自动喂食器和自动猫砂盆，饮水机和水碗也都准备好了。我设置了监控，也找了人每两天上门看它一次，这个频率已经是它能接受的极限了，一天一次它会生气……总之我都安排妥当了，你放心吧，豆包很成熟的，区区十天难不倒它。"

停顿了片刻，他又说："上门的人也会给鹿角蕨浇水。"

楚格早就发现，苏迟的行事做派与她截然相反，她永远走一步看一步，今天不忧虑明天的烦恼，就是这个原因她才会时常将自己置于尴尬的境地。而苏迟善于计划并严格实施，会最大程度地避免意外和失控。他像天生的棋手，有种冰冷的执行力。

这是楚格人生中第一次远途旅行，从换完登机牌那一刻开始，全是她尚未探索过的新奇事物。她紧紧攥着护照，跟在苏迟身后随着人流排队过安检，过海关，被免税店里琳琅满目、种类繁多的商品震慑，人的物欲在这样的场景中很难不达到高峰，她不由自主地瞪大了眼睛。

她手机的备忘录里有一串桑田列的清单，大多数是护肤品，小部分是彩妆单品，其中有两支到处都断货的口红。

楚格先去口红品牌的专柜询问，得到了她意想之中的回答：这个色号没货哦。

就在她打算继续沿着清单一路问过去的时候，苏迟制止了她。

"你何必这么着急帮朋友买东西，就算现在都买齐了也不能一直拎着，要等到回来的时候才取，不如回程时在那边的机场买吧。"

楚格歪着头想了想，她得承认苏迟讲的不是没有一点儿道理。她的旅行还没正式开始，就急着完成一项最不重要的任务，确实显得本末倒置。

他们在离自己登机口最近的星巴克找了个位置坐下，这边足够偏僻，店内空荡宽敞。在苏迟去买咖啡的间隙，楚格将目光投射在停机坪那些等待起飞的飞机上，虽然空气动力学的原理她明白，但感性上却始终很难相信如此庞然大物竟然能够挣脱地心引力，翱翔于天际，将成吨的货物与人从此地运送至数千公里之外。

她入神地看着白色机群，脑子里还在想着刚刚在免税店的那一幕：何必这么着急？是不是在我的潜意识里，迫切地想要为桑田做点儿什么来回应桑田为我做的？

半个月前的一天，楚格收到一份快递。

那天早上她开门去扔垃圾，没留意踢到门口的纸箱。一开始她以为是快递员看错了门牌号，但她弯下腰去看快递单，收件人的确是她的名字。

她怔住，有点儿吃惊。

为了和苏迟一起去意大利，她近期已经克扣自己到近乎节衣缩食的地步，还出掉了一些闲置用品变现，购物欲降至有生以来的最低点。在拆开纸箱前，她实在想不出它来自哪里，来自谁。

纸箱里面的东西有点儿分量，她粗鲁地扯掉了防震的泡泡膜，出现在眼前的是一套护肤品礼盒，正是她以前常用的牌子。快递单上没有寄件人信息，盒子里也没有祝福卡片，但她只思索了几秒钟就得出了结论，一定是桑田。

她们已经冷战很久了。

过去那么多年里，她们从来没有一次冲突像这一次这样惨烈。她们没试过这么久不见面，难过的时候不向对方倾诉，不互相陪伴，就连在朋友圈里刷到对方，也假装没看见似的轻轻滑过去，像粤语歌里唱的那样"严重似情侣讲分手"。

说到底，我们之间并不存在天大的分歧和矛盾啊，一切问题的根源都在于我自身，只是因为我憎恨如今这苟且的生活罢了……楚格在失眠的夜里想起桑田，只觉得胸膛里填满了不可名状的痛苦，而这痛苦又令她更想要和桑田保持距离。

好不容易趁着她快要过生日，桑田想出了这个办法来打破僵局，楚格也觉得是时候修复这段生命中最重要的友情了。她拍下礼物的照片发给桑田，简短地说了一句："我收到了，谢谢。"

桑田回复的速度快得就像一直握着手机在等待："你最近好吗？还在生气吗？"

楚格看着这两个问句，忍不住伤感。遗憾之情在脑中一闪而过——"我们还是生分了"。在这个瞬间她像是回到了十七八岁的年纪，那个楚格的心没有这么硬，不会和最好的朋友因为一点儿小小的矛盾就搞得要绝交。

她给桑田打了个电话。刚开始通话彼此都有点儿放不开，都不出声，等着对方先说，听筒里只有呼吸声，但随着楚格讲起她在等签证，如果能顺利出签，她和苏迟要一起去意大利，横亘在她们之间的坚冰便悄无声息地融化了。

桑田在电话里追着问了很多问题，楚格一下子不知道应该回答哪个，但桑田一如既往的热切迅速感染了她。

"干脆见面再说吧，我现在太穷了，你请我吃火锅怎么样？"楚格的声音里透露出自己都感到久违的兴奋。

"没问题，中午去吧，中午吃火锅的人少，不用排队，"桑田那头传来窸窸窣窣的背景声，大概是在翻出门要穿的衣服，"我稍微收拾下就可以出门了，十一点半碰面怎么样？"

她们几乎同时到达火锅店，两人在门口相视一笑。

桑田穿了一条马卡龙绿的宽大的裙子和白色拖鞋，紧实匀称的手臂线条是长期运动的成果，十个脚趾都涂了芥末色的指甲油，显得活泼灵动。她过来拉住楚格，一只手轻松又自然地搭在楚格的肩头，又侧着头将她打量一番，心疼的表情不是装出来的。

"你也太憔悴了，这段时间不好过是不是？"桑田说着话，轻轻掐了楚格一下，"进去吧，想吃什么随便点。"

她们要了全辣的红油锅，桑田拿着铅笔在菜单上不停地打钩，楚格在旁边不断说着够了够了，吃不了这么多，但她说什么都没用，桑田还是一意孤行地点了一大堆。

锅里的红汤沸腾着，她们一直在吃东西同时也一直在说话。

桑田兴高采烈，笑声脆亮，得知楚格悄悄把驾照考了之后，她们不约而同地回忆起了高考完的那个暑假。说起年少往事，楚格感到她身体里紧绷了很久的东西随着这顿火锅的进程渐渐松动了，重新变回了柔软的形态。她丝毫不想将朋友们分出亲疏远近，却又不能不联想起那次和知真吃日料时的情形，并暗暗做出比较：那么高雅华丽的环境，妥帖周到的服务，精致的食物和昂贵的收费叠加在一起，不仅没让她沉浸于享受美食，反而形成了一种用力过猛的压迫感。

但在桑田身边，我从没有过那种感觉。楚格静静地想。

这就是桑田区别于其他人的意义，楚格在雾气氤氲中再一次确定了这一点。并非桑田本人具有多么稀缺的特质，而是她们之间的联结始于人生那么早的阶段，因此牢不可破。

楚格说："我还去看了晓茨。"

桑田脸上飞过一丝不易觉察的尴尬，但下一秒钟她便调整好了心态和表情，决定实话实说："我知道。她告诉我了，你在她家住了几天。"

"她告诉你的？"楚格非常吃惊。

"是啊，她说你精神状态很差，整个人失魂落魄。说我只知道谈恋爱，根本不关心你什么的。刚开始我听她说这些，心里挺不服气的，但冷静下来之后我得承认她说得很对。我们离得这么近，打车半个多小时就能见面，但你却选择了去找她，可想而知我有多让你失望。"

楚格神情麻木地盯着桑田，像被封印住一般，无法做出任何反应。桑田说的话里没有任何难懂的词语，可她怎么完全听不明白呢。

空白了很久，楚格放下筷子，扶住额头，声音微微颤抖地说："真的太意外了，我完全想象不出晓茨会和你说这些。也想不到你们平时会联系。"

"不然呢，楚格，你并不是唯一关心她的人。"桑田难得地严肃起来，"你和晓茨的性格中有相似的东西，神经敏感，单纯又脆弱，这是你们与生俱来的特征，你们能理解彼此，我想或许这就是为什么你挫败感最深的时候更愿意和她待在一起的原因。"

楚格摆摆手，示意桑田不要继续说下去。她头晕目眩，误以为桑田要说回上次那件事。

但是桑田没有理会，自顾自地说着原本要说的话："坦白说，我的工作和生活也并不是桩桩件件都顺心如意，很多时候也会遇到棘手的情况、让我感到厌恶的人。在这个时代生存，谁敢说自己的心是绝对健康的、完整的。

"每当你处于情绪低潮，我都告诫自己，对你要有同理心，但不能离这个旋涡太近，太近就会卷入其中。要分清你、我、我们这三者的区别。你的困惑和纠结，必然有相应的解决途径，我不能代你承担。如果我回避这一点，选择陪你一起在痛苦的泥潭里打滚，并没有任何意义，我不认为好朋友应该这样做。楚格，我说这些会不会让你觉得我太世故、太冷酷了？"

楚格一语不发地听完桑田这番长篇大论，她的胸口也充满了绵延不绝的话语，却无法像桑田这样顺畅地讲出来。

有点儿奇怪，她最真实的感受竟然是感动，感动于桑田的磊落与坦诚，她们有多久不曾这样推心置腹地说话了。

她全然懂得了桑田在人际关系中的价值观：一个人首先要稳定自己的身心，才有余力照拂旁人。

在过去这几年里，确实也有过一些时刻，她意识到桑田变了，但她会用一个比较好听的词去概括——比如成熟或是圆融。在那样的时刻，她心中更多的是对自己的否定，羞愧于自己在成长道路上缓慢的节奏。

然而在今天的这一幕里，她又看到了最熟悉的桑田——是那个和她一起读小说，一起熬夜看老电影，一起泡图书馆也泡咖啡店，知道彼此的手机密码和银行卡密码，有着相同的喜恶，讲着同一套语言的桑田。

时间也许会令一些事物变得浑浊，但无法改变事物的本质，她在心中默默对自己说。

　　楚格的回想被端来咖啡的苏迟打断了。

　　他们在星巴克坐了二十多分钟，刚好够楚格不慌不忙地喝完咖啡，吃完芝士蛋糕。登机口的广播开始通知乘客有序登机。

　　本次航班是大飞机，经济舱乘客的队伍几乎快要排成S形，楚格在苏迟前面。随着队伍缓慢前进，在越来越接近登机口的时候，她回过头对苏迟飞快地笑了一下，是那种对即将见识到的新事物的期望所凝结成的笑。

　　苏迟被这个短暂的笑容打动，他感到自己终于摸到了这段感情的脉搏，终于做对了一件让她高兴的事。当他想到这里，似乎就连接下来坐十多个小时的经济舱都没有那么难以忍受了。

　　但他不知道的是，楚格在转回面孔的那一瞬间表情就迅速切换成惶惶，她的目光游离着，飘浮着，始终找不到落定之处。在不知不觉中，生活似乎变成了一个她无法理解的复杂又庞大的系统，心中的火苗奄奄一息，这趟远行是最后一剂猛药。

[3]

实际上，这趟旅行比苏迟之前描述得还要更好些。

经过长时间的飞行，落地后他们都疲惫不堪，从机场出来乘出租车直接去了苏迟预订的酒店。办理完入住，礼宾员推着两只行李箱带他们到房间，两人分别快速地洗了澡，一前一后倒在松软的大床上昏睡过去。

楚格先醒来，神志不清，还花了一点点时间思考自己这是在哪里。

她不知道这一觉睡了多久，轻手轻脚地走到窗前，从窗帘的缝隙中向外看，阳光强烈得叫人睁不开眼。她在二十四小时之内度过了两个白天。时差造成的眩晕和新鲜感同时袭来，那些一直缠绕着她的苦恼顿时都变得轻如毛絮，向着远方飞去。

没过多久，苏迟也醒来。简单的洗漱之后他们都感到胃里空得泛酸，立刻决定出去吃饭。楚格动作麻利地从行李箱中抽出一条米白色的亚麻裙子，直接套上身，皱皱巴巴的裙子配着她一贯爱穿的白球鞋，与时尚毫无关系，却有种青草般的清新。

"这样可以吗？"她有点儿羞怯。

"很好啊，把墨镜戴上吧，我们走路过去。"

他们从酒店出来，绕过一个很大的广场，广场中心有巨大的群像雕塑和喷泉水池。沿着铺满面包石的街道又走了一小会儿，下了长坡，便到了一条全是餐厅的街道。

苏迟指着不远处的一片店说："就是这家，我每次来罗马都过来吃，你应该也会喜欢。"

他们坐在店外的餐台，苏迟点了海鲜意面，楚格要了招牌牛尾意面和提拉米苏，两样都非常美味。她还在菜单上看到了知真喜欢的那道沙拉，顷刻之间像看到了老熟人一样开心。

吃饱之后，苏迟带着楚格，轻车熟路地朝斗兽场的方向散步过去，当他们到达时，正好赶上日落。夕阳穿过那些古老的拱门，形成一道道金色的光束，周围的游客仿佛都被这光线镀了金身，每个形象、每张面孔都显现出戏剧感的神性。楚格失神地凝望着眼前的一切，不知道该如何形容这样壮阔的瑰丽，这样的惊心动魄，遥远的历史在这一刻有了不可思议的真实感。

苏迟轻轻揽住楚格的肩膀，这不是他第一次来到这里，也不是第一次目睹此番景象，但他的感受与楚格无异：世界上那些被称为"奇迹"的事物，不需要后来的人类赋予各种意义，它们本身即永恒。

苏迟问楚格："你要不要拍几张照片做纪念？"

她使劲儿摇了摇头，抵挡住影像的诱惑。此时此刻，她对身边这个人的爱达到了顶峰，不需要留存任何物理性的证据。

他们在罗马度过了愉快的两天，去参观了梵蒂冈博物馆、古罗马遗址和博尔盖塞美术馆，还找到了几个楚格喜欢的电影的取景地。她像所有巡礼的影迷一样，学着剧照里的角度拍了一些照片，晚上回到酒店，从第一张欣赏到最后一张，再反过来欣赏回第一张，哪张都很珍贵，哪张都不舍得删除。

第三天早晨，苏迟先吃完早餐，嘱咐楚格吃完回房间收拾好东西，他独自去租车行取车。当楚格推着行李箱到酒店大堂时，苏迟已经办理好了退房，将自己的行李箱寄存在酒店，只拎了一只随身旅行袋。

楚格问："为什么？"

苏迟指了指外面，说："车子放不下，带你的箱子就行了，反正我们回来还是住这里。"

那是一辆柠檬黄的菲亚特500，在意大利的街道随处可见。造型复古，车身迷你小巧，非常适合在狭窄的老城区行驶。从前楚格只在电影中见过它的身影，这次亲眼所见，只觉得这车比影片中更可爱有趣。

"我能开开吗？我也有驾照了！"她几乎是用央求的口吻对苏迟说。

"不行，你的驾照没有做认证，万一在路上发生什么问题，会很麻烦。"苏迟毫不留情地否决了她的想法。

楚格翻了个白眼，没再多说什么，拉开车门老老实实地坐在了副驾驶的位置上。

路线是苏迟规划的，他像个尽职的导游，在出发之前将电子版的行程发给了楚格。楚格接收文件后打开粗略地看过一遍，那是一份相当详尽的计划，除了基本的住宿信息以外，每一站有什么好吃的，好玩的，必须去看的，一定要买的，都罗列了出来。

　　黄色的小车离开罗马后，一路向那不勒斯驶去。

　　途中楚格短暂地睡了一会儿，她睡得很轻，异域的风从车窗的缝隙里不断吹在她的脸上。即使是在睡梦中，她也希望这辆小车能够一直行驶下去，永远不要停下来。

　　被誉为地中海上最美丽的海岸之一的阿马尔菲海岸，沿途不仅有壮丽的自然景观：陡峭的悬崖、山脉、湛蓝的海水，还有坐落在海边，星罗棋布的五颜六色的小房子。见惯了城市的高楼广厦、钢铁森林里直耸入云的写字楼，猛然间看到这宛如卡通片里的景象，楚格控制不住连连发出赞美的惊叹。

　　见她这么兴奋，苏迟索性将车停在观景平台，让她慢慢欣赏。

　　"这里太美了，"楚格在潮湿的海风里喃喃自语，"美得像一场幻觉。"

　　他们在波西塔诺住了两天，虽然只是当地居民经营的小旅馆，却也干净整洁。房间不算很宽敞，却有一个几乎不成比例的大阳台，正对着海。

白天睡到自然醒，洗漱后就步行去找地方吃饭，楚格尤其喜欢半山腰那家餐厅的海鲜饭，她一个人就能吃光一整盘。下午在阳台上看会儿风景，瞌睡来了就回房间再睡一会儿，等到阳光不那么强烈了，他们就出门，顺着长长的石阶一路下去到海边，等着看太阳是怎样一点点落到海平线后面。

在海边，她对苏迟说："几十年后我还会记得今天。"

美妙的幻觉没能支撑到整个旅程结束。

他们抵达佛罗伦萨时，距离回程已经只剩三天。来到文艺复兴的发源地，亲眼看到几个世纪以前的伟大的建筑、画作和雕塑，对于楚格是连想都没有想过的事。在这样的环境中，即使是对古典艺术一窍不通的人，也不能不屏气凝神，默默赞颂。

在圣母百花大教堂里，楚格的手机振了两下，她没有太当回事，想着反正也没什么要紧事，待会儿出去了再看也不迟。

一个多小时之后，他们才从教堂里出来，楚格意犹未尽，想要再拍一些教堂外观的照片。苏迟留她在广场拍照，自己去附近的冰淇淋店买 gelato（意大利语，冰淇淋）。

楚格这时才想起查看手机上的消息，她以为是桑田或者别的熟人朋友想跟她聊几句旅行的事，毕竟她昨晚在朋友圈里发了几张锡耶纳古城的照片。但打开微信的那一瞬间，她只觉得眼前一黑，双腿发软，握着手机的手不能控制地颤抖起来。

那两条消息不来自她任何一个朋友，来自她的房东。

"小俞，你上个星期就该交房租了。"

"看到消息回我一下哈。"

这些天来她的所见、所感、所得，在瞬息之间通通幻灭。无论是眼前这座碧玉般的大教堂，还是托斯卡纳的翠绿的丘陵、波西塔诺的海风和柠檬树、罗马斗兽场外的金色夕阳，全都是泡影。房东阿姨在千里之外用指尖轻轻一戳，魔法消失了，她又回到了那间屋子里。

那间屋子里的一切才是真实的，那间屋子才是她在这个世界最准确的坐标。

她不知道该回复什么，无意识地在对话框里打了很长一串话，但这些理由根本站不住脚，看起来只是苍白的借口、厚脸皮的托词。她定了定神，把那一长串句子删掉，打开网上银行又查了一遍余额，那个数字令她胆战心惊。

交完这一季房租，她的状况便恶劣到了穷途末路，即将面临真正的生死存亡。楚格揪住自己的领口，觉得透不过气来，在欧洲的夏日感到了彻骨的寒意。

人生中从来没有哪一刻像此刻，她理解了金钱对于一个人究竟意味着什么：它可以很抽象，是自尊，是底气，关乎人格与做人的姿态，是不想说谎的时候不必说谎。它也可以很具象，是栖身之所，是食物，是不出门时的房租、水、电、燃气、网络各项费用，而一旦迈出家门只会产生更多花费……这些事情，晓茨早就懂了，而她却要被现实逼到绝境才懂。

即便是在最灰暗的日子里，她心底里也始终存着一丝侥幸，认为命运之神终究会眷顾自己，她还有时间更正、修复，然后情况就会好起来，她能摆脱滞重，重建生活，回到正确的道路上。事实证明，正是这样不切实际的想法拖慢了她的行动力，混淆了她的智识，令她做出了一个又一个错误的选择，而她现在要承受的，正是一切错误的总和。

她不能不想起晓茨——晓茨从来没有跟命运玩过心眼和花招，没想过蒙混过关，她的意志力源于她对现实生活的清醒认知，她才是那个能立足在暴雨中的人。

苏迟过了很久才看出楚格的情绪不对，他误解为是对旅行即将结束的不舍和失落，于是带她去了一家在当地口碑非常好的川菜馆吃晚饭。尽管楚格吃了很多，但整个晚上她的神情始终没有松懈下来。

在市政广场散步时，苏迟问："发生什么事了吗？"

楚格只是摇头："没有，我只是想起以前读过毛姆的《情迷佛罗伦萨》，一部蛮精练的中篇小说，另一个译名像是为了和《托斯卡纳艳阳下》对照似的，翻作《佛罗伦萨月光下》，你看过吗？"

轮到苏迟摇头了："毛姆的书我看得不多，只看过最有名的那几本，《刀锋》和《人性的枷锁》这些。"

楚格笑了笑，她知道为什么自己此刻会谈论和心里所想的事情完全无关的东西，像是一种独属于文学的手法，在进入正题之前，总会有几处闲笔。

"我现在终于明白，物质生活是一切的基础，一旦这个基础出现错漏，你的审美、爱好、闲情逸致，都不过是空中楼阁。和你在一起，我手里就永远有一根稻草，我甚至还能以爱情的名义说服自己这很正常，也很自然。

"苏迟，有件事，其实我已经想了很久。"

苏迟静静地看着她，月光将她的面容照得雪白。

在她说出那句话之前，他已经知道她要说什么，心里暗暗苦笑，昨日重现了，只是情况刚好相反：当他一无所有的时候，喻子总说没有安全感，如今他确信自己有足够的能力担负另一个人，这份心意却被拒绝。

他也有点儿搞不明白——对自己，也对命运，他总被个性独特、性格鲜明的女孩吸引，被她们单薄的样子打动，却又始终无法掌控和她们的故事的走向。

[4]

从意大利回来，楚格原本想要再休整一小段时间，但现实情况已经严峻到不允许她再懈怠哪怕一天。再说，就算没有经济上的压力，她也必须找些事情做，来转移和苏迟分手的痛苦，如果继续像从前一样独自闷在家里，她迟早会被孤独折磨崩溃，到时候她很有可能会向怯弱屈服，再去找苏迟。

苏格拉底说，未经审视的生活不值得度过。但楚格冷眼审视自己的生活，也并不好过。

人不能这样反复，她的内心世界已然岌岌可危，事到如今，即便不知道对错也只能心一横，眼一闭，全力往前走。

分手对于他们来说都不是很容易的事，尤其是对她。楚格很清楚，如果不是在异国他乡，陌生的环境暂时剥掉了她身上的负累，她大概没有勇气当面和苏迟说那些话的。

"我不能再和你在一起了，但这不代表我不爱你了，我永远记得是你在我最孤单的那天下午和我一起在公园散步。还记得你和我说的你学游泳的故事吗？我想你会理解的，现在站在河边的人是我。"

每当她想起苏迟当时的神态，心里就会绞痛，这与曾经和尼克分手时完全不同。他沉吟了一会儿，既没有试图挽回，也没有向她追问——她永远感激他在那天晚上所表现出来的镇静和体恤。

"那也是回去之后的事情了，我们现在去喝一杯吧，"苏迟若无其事一般，笑着说，"明天直接去机场还车，然后飞罗马，你可以想想罗马还有什么景点你想去看看。"

他们仍然像情侣一样度过了旅程的最后两天，双方都很平静，没有争执也没有冲突，美满得像是回光返照，楚格甚至在这段感情结束的边缘更加确定了它的意义和分量。

回程的航班降落之后，楚格取了行李箱，本想自己坐快线回家，但被苏迟劝阻下来。短暂僵持了一小会儿，楚格便推着箱子跟在他身后向停车场去了。

在回家的路上，她始终不知道该说点儿什么来打破沉默，似乎又退缩成了最初和他在一起时的状态。思索了一阵，只好将苏迟家的门禁卡从自己的钥匙扣上取下，放进了副驾驶的储物格里。

车子快要行驶到她家的时候，楚格说："替我向豆包问好，好吗？"

苏迟点点头。他没有说话，她也没再说话。

事情发生之后，楚格只在桑田面前流过一次泪。

桑田过来拿那些在免税店买的商品，原本只打算稍微待一会儿，跟楚格聊聊她这趟旅行的见闻和感受，却没想到她突然哭了起来。

楚格哭了好一会儿才哭完，等到情绪平缓些，才断断续续地将大致经过讲给桑田听，但桑田却越听越糊涂："为什么你交完房租就要跟他分手？这两件事之间有什么关系吗？他又不是你的房东。"

楚格又一次感到了语言的徒劳无力，只能哑然。

桑田跟着沉默了许久，直到她起身离开之前才问："我这样理解对不对，你还是很爱这个人，但你没法再和他在一起了。"

楚格用力地点点头，她自己也不能解释得更准确了，一个即将被失败情绪、自我否定以及虚无感消耗殆尽的人，还有什么余力去想爱与不爱的问题呢？她也宁愿他们之间有更具体的、更有说服力的分手原因，比如其中一方喜欢上了别人之类的，至少听起来不会这么荒唐。

"好吧，虽然我还是不知道为什么。"桑田做了一个无奈的表情，"那你就振作起来找工作吧，我想这是眼前唯一能够真正改变你现状的事情。"

也许是楚格割舍爱情的决心终于换来了命运的轻轻一瞥，决定给她一点儿微弱的奖赏。

她在不久后的一个上午接到了一通电话。来电的是她从前公司的同事，对方资历比她深，级别也比她高，彼此在业务上没什么交集，偶尔在茶水间碰到也仅止于点头微笑，因此楚格在接通电话之前，深感诧异。

对方开门见山，说话直截了当，先是说在招聘网站看到了她的简历，接着问她现在是否已经有了合适的工作。得知她依然赋闲在家时，对方像是松了口气，语速都慢了下来，提出如果方便的话，她们可以见个面，当面聊聊。

楚格很干脆地答应了。

当天下午她就按照对方给的地址找了过去，转了两趟公交，前后花了近一小时才在离园区最近的车站下了车。地图显示车站离目的地还有 800 米，她只能走过去。

此时已经入秋，道路两边的树木依然枝繁叶茂，但偶然间刮起的风却令她想起了去年差不多的时候，她和苏迟沿着那条路慢慢走着，去找一家新开的小店——明明是那么近的事情，回想起来却恍如隔世。

前同事姓王，但她让楚格叫她"Alice"。按照楚格从前的个性，即便表面上愿意配合，心里也是要轻笑一声的。但如今她经历了生活的重锤，看明白以前那些尖刻和挑剔实质上只是一种毫无意义的自我意识过剩，因此也不再耽溺于这种小聪明。

Alice 在一个小房间里接待了楚格，这里条件简陋得楚格都不好意思称之为"会客室"。环顾四周，只有一张宜家的黑色茶几，两张简易沙发，角落里摆着饮水机。

"好的，Alice，"她说，"那我们要谈些什么呢？"

"是这样的……我尽量简单点儿说，我在老陈那儿干了快十年，公司待我还可以，但我清楚地知道自己在那里的职业生涯在已经到头了。我马上就四十岁了，做这个决定也是深思熟虑过的，从零开始不是一件容易的事，但我实在不想再为别人打工了。有时候我早上醒来，想到又要重复和昨天一模一样的生活，真希望自己能立刻死在床上。"

Alice 说出了楚格一年前辞职时的心情，刹那之间，她感到她们之间的距离被拉近了不少。

"现在就是这么个情况，我自己有些积蓄，还有两个朋友也投了点儿钱。环境你也看到了，短时间之内不会有太多的改变，这地方比较偏远，但有补贴政策……好在我们这行没有什么固定标准，大有大做，小有小做，你要是愿意来我会非常高兴的。"

楚格遏制住了再一次环视四周的冲动，迟疑了片刻，问了一个最关键的问题："薪资待遇呢？"

Alice 说了一个底薪数字，这比楚格之前的月薪低太多，她几乎马上就要拒绝了，但 Alice 立刻又补充说："提成另算，社保先按最低基数缴，以后条件好起来了再调。还有，你入职后不用每天坐班，想在家里干活儿也没问题，有需要当面沟通的事情再来。"

最后这个条件对楚格来说确实是种诱惑，但她还是没有立即同意。Alice 也表示理解，让她回去再仔细考虑。

送楚格出来时，Alice 再次诚恳地对她说："你考虑好了就告诉我，多晚都没关系，我知道你的能力和水准，真心希望能再和你共事。"

也许是太久没有从别人口中听到肯定的话语了，楚格鼻子一酸，努力控制住表情。她看着 Alice 的脸，这不是一张你能用美或不美去定义的面孔，棱角分明，眼神锐利，楚格在这个瞬间想起她以前看过的一句话：知道自己要去哪里的人才最有力量。

楚格坐在回家的公交车上，这个时间点车厢很空，售票员百无聊赖地站在车窗边，时不时对后面的车打出"请让一让"的手势。

公交车驶过中心商业区时，楚格抬眼看到其中一幢大楼正在进行悬垂清洁。从地面往上看，那些穿着橙色工作服的作业工人就像一个个橙色的小点儿，随着绳索晃来晃去，在高空中飘荡。

高楼玻璃将阳光反射到车内，楚格闭上了眼睛。从上一个秋天到现在，她经常感到筋疲力尽，却始终一事无成。

没有什么好犹豫了，人总要学会向现实做出一些妥协，不是每个人都有天赋和生活对抗到底，也不是每个人都付得起对抗到底的代价。

她拿出手机，给 Alice 发了一条消息："我什么时候可以入职？"

接下来的几个月，凭借 Alice 在行业内的资历和人缘，这个没有名气的新工作室竟然也步履蹒跚地起步了。她们的团队小而精，沟通高效，没有一分力是白出的。

有时她们一起见客户，Aliece 向人介绍说"这位是我们的首席设计师"，楚格还会有点儿不好意思，只能用她一贯腼腆的微笑来化解，毕竟目前工作室里除了她也没有其他设计师。虽然 Alice 偶尔也做方案，但更多的时候她的身份是老板。

时间长了，楚格渐渐也就习惯，再面对客户称赞她"这么年轻就当首席"时，也能够用一张商务的笑脸来回应了。

她终于从那种窒息感中逃出生天。

当楚格又穿上那件摇粒绒外套，背着双肩包，整日待在工地，她意识到这一年也即将过去。她也会想起在知真家度过的那些日子——她们很久没有来往了。楚格想，知真是何等聪慧敏锐的人，她一定懂得我和她疏远的原因，就像当初喻子也是这样做的。

楚格不认识喻子，在和苏迟交往的期间也从没有听他提起过这个名字，但知真曾经说过"喻子和苏迟分开后，跟所有的朋友都断绝了联系，这是她主动的选择"。当时楚格根本不明白喻子这份决绝源自何处，表象底下又有着怎样的含义，要知道她和尼克分手那么久之后还能坐在一起喝酒呢。

人只能从自己的感受与经验中尝试摸索他人的心路历程。她曾经不能通晓的那个幽深迂回的秘密，现在终于看见了答案：喻子一定是太爱苏迟了，爱到如果不彻底斩断和他任何一丝一缕的关联，她就没法步入新的人生。

这一刹那，楚格觉得，世界上只有这个她仅知道名字的人能算作自己的知己。

[5]

就在楚格以为生活将这样持续下去的时候，一场面对全人类的灾难正在悄然逼近。

一开始只是几条不太引人注意的新闻，再有先见之明的人也不会想到，那短短几行字预示着蝴蝶正在扇动翅膀，大家依然像往年一样沉浸在迎接新年的欢声笑语之中。

事态发展的速度和严重程度都远远超过了所有人的预想，就在一夜之间，人类所有的社会活动都停滞了。往日熙熙攘攘的街上一个人影也看不见，平时堵得水泄不通的车行道偶尔有一辆车也是飞速开过，像怕被噩运追上一样。

对于楚格来说，居家不算什么难熬的事，反正这种生活模式早已经是她的常态，她手里还有一些未完成的工作可以打发时间，实在有什么需要沟通的事项也可以在线上进行。

桑田和知真分别发来消息，问她是否需要物资，非常时期，千万不要假客气。

苏迟也打过几次电话给她，问她要不要收拾点儿东西去他家住，那口吻仿佛之前什么事都没有发生过，她依然是他的女友。

楚格将他们的好意都一一回绝了。她性格中天然的冷淡在这种时候发挥出强大的效用，她好像天生就知道在这样的境况中该如何自处，而过去一年，她又从生活的重击和捶打中习得了更多：在时代的巨浪中，个人的判断是微不足道的，要习惯于将自己交给命运，也要善于把自己托付给信念。

"我能照顾好自己，难道你不相信吗？"她在微信上对苏迟说。

苏迟绕过了她的问题，发来几张豆包的近照。小猫什么也不懂，只顾着在小窝里酣睡。

"它的口粮和猫砂你囤够了吗？"楚格想到在网上看到那些养宠的网友到处求助，一包猫粮也好，一袋猫砂也好，请邻居们帮忙匀一点儿出来。现代人平时享受够了快捷的物流服务，当运力瘫痪时，社会仿佛一下又回到了原始状态，她不禁也为豆包感到担心。

"还用你说。"

楚格看着屏幕，想象着苏迟打出这几个字时的神情，心情极为复杂：我从来没有停止过对你的想念，但只有当你彻底在我的生活中匿迹时，我才能心无旁骛地爱你。

两个月后，更坏的事情发生了，晓茨出事了。

楚格在朋友圈刷到讣告的时候根本不能相信。一定是看错了，这是什么蹩脚又恶毒的玩笑，肯定是晓茨代别人发的。她忍着极度的恐惧又仔细看了一遍，落款明明白白是晓茨的母亲。

"我女儿李晓茨于昨日上午十一点因不明原因昏厥，送医不治。特殊时期，一切从简，专此泣告各位亲友。"

楚格吓得把手机摔到地上，回过神来，就像捡起什么有毒的物品一样把手机捡了回来。她先给晓茨打语音电话，一直打不通，又打她的手机号码，仍然只有智能女声无情地应答"您拨打的电话无法接通"。

冷汗涔涔滚落，楚格坐在地上，无法动弹。

过了一会儿，手机振动起来，她心里一惊，以为是晓茨回拨过来，可屏幕上跳动的名字却是桑田。

"你看到晓茨朋友圈发的东西了吗？你知道是怎么回事吗？"

"……"

"楚格，你说话啊！你别吓我！"

楚格想告诉手机那头大喊大叫的桑田，我在说话，只是发不出声音。我不知道是怎么回事，我不知道怎么会看到晓茨的讣告，我不知道起因也不知道结果，我不知道该如何理解眼前的这一切。

桑田匆匆忙忙说了一句"我现在过来找你"就挂断了电话，而楚格就像是没听见一样，她一直举着手机，贴着耳朵，保持着这个姿势一动不动，像一尊化石。

这一定不是真的，她想，晓茨又不是什么陌生人，她是我认识的人啊……我认识的人，怎么会死呢？

楚格和桑田一起去见了晓茨的母亲，她被巨大的伤痛彻底击垮了，根本无法和她们交谈，只是一直流泪，喃喃自语地说着晓茨家乡的方言。从晓茨舅舅的讲述里，她们大致拼凑出了事情的经过：受疫情的影响，晓茨所在的公司连月来不断裁员，她自愿降薪一半才得以保留继续工作的机会，但做事情的人少了，留下来的每个人要做的事情自然更多了。

晓茨不在乎劳累，反正她一直都是这样过日子的，千百斤的重担上再加几斤又有什么影响？

那天她没吃早饭也没吃午饭，临时有事去楼上拿东西，电梯没开，她只能走楼梯，低血糖晕倒在楼梯间。近期大楼里很多公司歇业的歇业、停工的停工，整栋楼里也没几个人，因此她昏厥了几小时后才被换班的保安在巡楼时发现，发现时人就已经没有心跳了。

因为事故发生在上班时间，地点也很明确，实在没有任何能够推诿扯锯的部分，公司方面尽管是一万个不愿意，也只能按照劳务合同进行赔偿，但他们也有一个条件：尽快处理。

"人都没了，再多钱有什么用呢？"晓茨的妈妈这时才说出第一句话，然后又是一阵抽泣，"拿我的命换我女儿的命吧，拿我这条命去吧……"

桑田听得眼泪直流，怎么也止不住，平时那么能说会道的她此刻一句安慰的话都讲不出来。楚格却显现出一种诡异的冷静，她擦掉脸上的泪痕，对晓茨的母亲和舅舅提出，她想跟他们一起去晓茨住的地方，帮他们收拾晓茨的行李。

这是楚格有生之年最后一次来到这间小屋子。她们没对房东说实话，只说晓茨生病回老家了，委托她们帮忙退租交割。

桑田拿着租房合同和交割单跟中介一一确认房中的物品：床、衣柜、桌椅、旧空调、旧冰箱……

楚格木然地往蛇皮袋里装着晓茨的遗物——这个词深深地扎进了她的心，但她丝毫也感觉不到痛苦。这些衣物鞋子中有一些还是她送给晓茨的，也不知道晓茨到底穿没穿过。她把那条粉白条纹的睡裙、那本夹着试香纸的侦探小说单独放在一边，她代晓茨送给自己作为纪念。

最后，她来到旧冰箱前，眼前又浮现起晓茨蹲在地上凿冰的那一幕。这时，楚格感到她的心好像恢复一点点知觉了，她听见了来自自己心间的哀鸣。

她颤抖着拉开冰箱门，冷藏室里只有一瓶辣酱、几根已经干枯的葱和两个鸡蛋。

她用纸巾将那两个鸡蛋包好，小心翼翼地放进背包侧面的口袋，祈祷着这两个鸡蛋能完好无损地跟她回家。

桑田在楚格的住处一直陪她陪到凌晨两点，楚格再三保证自己绝对不会有什么问题之后她才离开。回归独处后，楚格才去检查背包里的鸡蛋——两颗都没破，幸运得令人不敢相信，一定是晓茨在暗中护送它们。

她用雪平锅煮了两只白水蛋，什么调料都没有放，趁热的时候迅速剥掉壳，几口就吃掉了。

晓茨坐在她对面，笑着说："鸡蛋真的很了不起吧，怎么做都好吃。"

楚格点点头："你说得对。"

话音未落，她双眼迸出滚烫的泪，压抑许久的悲恸到这一分钟才得以宣泄。她想象着那个画面，瘦弱的晓茨倒在楼梯间，一动不动，没有意识，没有痛感，生命静静地流逝殆尽。

楚格听到哀号声，像被凌虐的动物，那是她自己口中发出的。

晓茨的离世带走了她生命中最重要的一块拼图，她知道，从此往后自己的世界有一部分将永远残缺。

就在桑田从纸箱中翻出那个袋子之后没多久，她便向楚格宣布：我要结婚了。

之前桑田所在的小区封禁了一个月，这一个月中她和宋书寒形影不离，就像一场婚前同居实验，而实验的结果是他们愿意以后都在一起生活。

楚格并不意外。疫情也好，晓茨的猝然离世也好，总归是教会了她们一点儿"珍惜当下"的道理，桑田不只是嘴上说说，她在身体力行。

桑田问楚格："你要不要给我当伴娘？我可是第一个就问你哦！"

"我深感荣幸啦，不过还是算了，当伴娘要处理很多人情世故，你也知道我在这方面有多木讷笨拙……"楚格希望她这样说不会伤害到桑田。

楚格等了一会儿，桑田没有回复，又等了好一会儿，她才知道，桑田不会回复了。

桑田和宋书寒的婚宴办得热闹气派，楚格被安排在亲友席，这一点她还是到场后才知道。既然她拒绝了做伴娘，那关于婚礼的种种细节，桑田自然也不会浪费精力再单独和她说，楚格认为这没什么不对的。操持一场婚礼有多累多忙，有多少条目要确认，有多少意外情况不管你部署得如何周密仍然会发生，她在网上的吐槽帖里看得也不算少了。

楚格特意提前去买了红包，到婚宴现场才发现，现在大家都直接扫付款码随礼了，她又一次暴露了自己的迂腐守旧。她悄悄把红包藏进包里，拿出手机，跟在一位宾客后面扫码并登记：俞楚格，2000。

落座之后她才发现，同桌的其他宾客都是长辈，只有她一个年轻人。她笑容拘谨，浑身不自在，只有在别人问到她"你是哪边的"时候，才会应声回答"女方这边的"。席间伴娘伴郎们玩游戏，她也没有参与，虽然其中有几张面孔还算熟悉，她离职那阵子跟着桑田玩的时候大家其实都见过。

"这不是楚格吗？"桑田妈妈欢快的声音在她耳边响起。她赶紧把筷子放下，站起来问好："阿姨好！"

"楚格呀，什么时候喝你的喜酒呀？"

她头脑发晕，不知该如何应答，只是下意识地笑着，没有灵魂地笑着，等到她想好如何回答，桑田妈妈已经站到了旁边的那一桌。

婚宴持续了很久，楚格本想等到人都走得差不多了再过去和桑田说几句"百年好合，永结同心"之类的祝福，但她远远看着，围绕在桑田周围的人始终没有减少。

没有任何来由地，在这花团锦簇的时刻，她想起了晓茨——这世上的一切都和她无关了，也打扰不到她了。这样一想，楚格便决定不再浪费时间继续等待，她提起包，悄无声息地离开了婚宴现场。

最近 Alice 去外地谈一个项目，便把自己的车留给楚格开，一辆森林绿的三门 Mini，灵活小巧。楚格开了几天就喜欢上了，想着等财务状况再好一点儿，也给自己买一辆。

她开着小车回工作室，自西向东，阳光猛烈。在一个路口等红灯时，手机振了一下，她以为是桑田终于抽出空来发消息问她为什么先走，可解锁后，她愣住了，是一张豆包的照片，它好像胖了一点儿。

她飞快地回了一句话："恭喜豆包会用手机啦！"

此刻前方的天空聚起一朵云，镶着金边，形状像座小岛，旁边伴随着凌乱的云霭。楚格只觉得心间一片明澈，她注视着红灯变绿，松开刹车，向前方驶去。

藏在那朵云里的雨水，马上就要落下来。

后记

必须坦白地说，按照原本的计划，楚格的故事应该在2022年和读者见面，但因为我个人的散漫和拖沓，时常屈从于惰性，又太擅长放弃，导致它晚了一年才完成。而在这一年当中，我们所身处的环境，仿佛从某种静止的、停滞的状态一夜之间发生了翻天覆地的变化。

疫情结束了，但没人能说自己是毫发无损地走过了这三年，每个人都有所失去，但我们每个人的遗憾、悔意和痛苦却并不相通。

在《此时不必问去哪里》出版之后，我其实告诫过自己，不可以再像年轻时那样纵容自己懒散的坏毛病，导致创作新作品的周期拉得太长，或是依赖于灵感、情绪、表达欲之类飘浮的、也极不可控的因素作为创作的动机……总之就是，道理我分明都懂得，却始终难以知行合一。

为自己开脱的理由总是很充足：

在过去的两年里，我搬过三次家，虽然每次搬迁的物理距离并不算远，但就像那句老话说的"三搬当一烧"，字面意思是说三次搬家的损失约等于一次失火，而有过相似经验的人一定会明白，这些细碎的折腾对人心神和意志力的反复折磨，或许比一次性的焚毁带来的伤害还要更大。外部环境的变化导致我整个人都是错乱的，要花大量的时间重新适应新的生活架构，而这样推倒重来的事情，我在并不长的时间之内经历了三次。

平时用惯了的东西、日夜相对的东西、舍不得却又带不走的东西，即便在离开的时候能狠下心来做出割舍，但往后的日子里，一些不经意的瞬间，还是难免会想起。

每当这种时刻降临，我便会一边陷入感伤，一边又失望于自己的脆弱。

即便过去了这么多年，自以为经历过也见识过许多，肉身已经离十七八岁背着双肩背包坐上离开家乡小城的大巴车的粗疏笨拙的少女那样遥远，但某时某刻，生活兜头一巴掌扇过来，我才猛然意识到，我的心和灵仍是在世间跟跟跄跄地晃荡着，并未如自己一直以来希望的那样深深地扎根在土壤里。

如同不够强壮的动物，没有本领建立起绝对安全的区域，于是只能凭着一点直觉和敏捷，在陷阱和绝境之间闪展腾挪，在这个过程中，我根本没有力量面对楚格的人生。

也许看到这里有读者会觉得："这家伙也太矫情啦，不就是把自己摁在电脑前，不管有没有灵感，每天固定写上几小时，有你说得这么难吗？"

这个看法其实一点儿也没错。真正职业的作家都经过严苛的自我训练，最基本就是坐得住——写不写得出来都坐得住，而这一点恰好是我最欠缺的。手感顺畅时还好，也有过那种酣畅淋漓的享受，而一旦遇到阻滞，我便会立刻逃离面前的文档。

写过十几本书的作者，某种程度上已经不需要论证所谓的天赋——或多或少，一定是有的，在这样的前提下，态度和意志才是最重要的锁匙。所以说来说去，还是只能责怪自己不够职业。

再来就是绝大多数写作者都要直面的难题：自己的创作水准不及自己的文学审美。这也就意味着，写作的过程其实就是正视自己缺点的过程。

我们都读过一些经典作品、一些传世佳章，一定有过这样的时候，看着天才们的手笔在心里绝望地感叹"TA怎么这么会写，如此深刻又不失风趣，我永远也没法写得这么好，表达得这么精准，这是我做梦都达到不了的高度"。

在这样的自惭形秽里，我心中经常生出灰心沮丧和自暴自弃，更加迁怒于电脑中的文档，好像那份未完成的小说就是某种证据，于是我闭目塞耳，假装难题真的不存在了似的。

自欺欺人的感觉并不好受，人可以逃避，可以原谅人生中那些偶尔的软弱，也可以找很多借口，但代价是持续好几个月的焦虑造成的失眠、精神恍惚。夜深人静躺在床上怎么都睡不着的时候，我很清楚地知道究竟是什么东西在折磨着我。

就是那三个字——未完成。

大多数从事内容创造的人都有相似的经历和感受：自我怀疑，不安，在撕扯中寻找平衡，最后终于明白重要的是坚持。

我告诉自己，不管怎么样，成品总比半成品好。不管怎么样，写完它。

《她穿过了暴雨》这篇小说，我最初的预想是写两个原本很要好的女孩在人生的某个阶段，因为各自的际遇、各自不同的选择而导致步调渐渐不一致，友谊也因此受到影响，最终无奈地彼此疏远，而她们却并不明白为什么。

在做大纲的时候，只有楚格和桑田这两个形象是确定的，她们的生长环境相似，形象外貌没有明显差距，在青春年少时两人的喜好和审美也无限接近，她们之间有种天然的亲近感令她们懂得欣赏对方，也喜欢对方。

我想通过故事中的角色去搞清一些问题：为什么在任何维度都不是竞争对手的两个人，最后也会走到情感变浅变淡的地步，为什么明明在主观上没有任何想要伤害对方的念头，却仍然不可避免地将对方推远。

尽管想要探究友情中那些幽微曲折的部分，但是在我的价值体系中，对于女性友谊中牢不可破的联结，其实是深信不疑的。基于这份相信，晓茨这个人物的面目也得以确立。她让我想起上学时，每个班级都有的，那个安静朴素、瘦瘦小小、斯文恬淡的女孩。在人群中存在感不强，内里却有一股坚韧持久的能量。

而叶知真是大纲中最后出现的角色，她是很典型的都市女性，聪明也强悍，具有现代意识，但为人处世有些旧时的浪漫老派。在楚格失意低落时，她愿意给予帮助和支持，但察觉到楚格不愿蒙受恩惠，也能立刻退回到一个恰当的位置，在人际交往中很有分寸感。

书中重点描写的四个女性，除了桑田，都有过显而易见的痛苦和困境。即便是桑田，她在后面也说过"很多时候也会遇到棘手的情况、让我感到厌恶的人"，她只是选择了一种不同的处理方式。

我顺着她们的故事脉络一路写下来，塑造她们，磨砺她们，不断修改每个段落，在茫茫的词汇海洋中寻找那个能够斩钉截铁作为结论的词语。我终于意识到，人是痛苦的载体，只有"人"才能打动"人"。

而这正是我们为什么需要写小说，需要读小说的原因。

谢谢读到这里的你。

我们所处的时代，资讯爆炸，众声喧哗，读这本书的时间你原可以用在更好玩、更轻松，或者对自己更有益的事情上，但你选择和我，和楚格同行这一小段路程，作者应当对这番情谊深怀感激。从十几年前，我刚开始写短篇小说时，就已经听说"纸质出版是夕阳产业"之类的话语，而直到现在我还在电脑前敲着键盘，看着文字一段一章成形，结集成册，正是有赖于这些情谊数年如一日温柔地护航。

谢谢我的编辑墨墨和冯晨，她们在我身上付出了常人难以想象的耐心和宽容，在最大程度上给予我鼓励和支持。

谢谢陪我熬过许多夜的妹妹。

谢谢好好生长的花草和小猫。

独木舟

2023 年 秋

独木舟

本名：葛婉仪

作家

已出版：

小说

《此时不必问去哪里》《深海里的星星》

《深海里的星星 II》《一粒红尘》

《时光会记得》

随笔散文集

《我亦飘零久》《万人如海一身藏》《荆棘王冠》

绘本

《孤单星球：遇到另一个自己》

微博、抖音、小红书：@独木舟葛婉仪

微信公众号：独木舟（dumuzhoujojo）

她穿过了暴雨

作者 _ 独木舟

产品经理 _ 冯晨　　版式设计 _ 山葵栗　　技术编辑 _ 丁占旭
责任印制 _ 杨景依　　出品人 _ 曹俊然

营销团队 _ 闫冠宇　丁子秦

果麦
www.guomai.cn

以 微 小 的 力 量 推 动 文 明

图书在版编目（CIP）数据

她穿过了暴雨 / 独木舟著. — 西安 ： 太白文艺出版社, 2023.12
　ISBN 978-7-5513-2538-7

　Ⅰ. ①她… Ⅱ. ①独… Ⅲ. ①长篇小说－中国－当代
Ⅳ. ①I247.5

中国国家版本馆CIP数据核字(2023)第224397号

她穿过了暴雨
TA CHUANGUO LE BAOYU

作　　者　独木舟
责任编辑　黄　洁
封面设计　好天气
版式设计　山葵粟
出版发行　太白文艺出版社
经　　销　新华书店
印　　刷　河北鹏润印刷有限公司
开　　本　880mm×1230mm　1/32
字　　数　138 千字
印　　张　7.25
版　　次　2023 年 12 月第 1 版
印　　次　2023 年 12 月第 1 次印刷
印　　数　1-35,000
书　　号　ISBN 978-7-5513-2538-7
定　　价　49.80 元